— 書き下ろし長編官能小説 —

夜這いマンション

伊吹功二

竹書房ラブロマン文庫

目次

この作品は、竹書房ラブロマン文庫のために
書き下ろされたものです。

第一夜　文華／夜の教育指導

八両編成の電車がホームに停まり、開いたドアから人々が吐き出される。ほとんどが降りる人で乗る人はいない。夜の駅は帰宅する勤め人で溢（あふ）れた。

その人波のなかに安井孝宏（やすいたかひろ）もいた。スーツを着た、どこにでもいそうな青年である。だが、その顔は疲れきっていた。肩を落とし、俯（うつむ）いて、足取りは重い。改札を通るときにも、ポケットからスマホを取り出して危うく落としそうになったほどだ。

駅を出た人波は、商店街を一様に流れていく。シャッターを閉じた商店を通りすぎ、アーケードの出口が見えてくると、人々の顔にもホッとした表情が浮かんだ。もうすぐ我が家だ。彼らの顔はそう言っているようだった。

孝宏も引きずる足を励まし、商店街を抜ける。まだ昼に受けた心痛が胸を疼（うず）かせていた。係長のヤツめ。思い出すだけではらわたが煮えくりかえった。彼は肉体的に疲れているのではなかった。身体なら健康そのものだ。彼をむしばんでいるのは、主に人間関係のストレスであった。

やがて路地を一本入ると、閑静な住宅街になる。都心へのアクセスがいい割に、夜は静かになるので人気の高いエリアだった。

「ふうーっ」

孝宏はひと息ついて、自宅マンションを見上げる。鉄筋四階建ての『アーバンヒルズ』は、築浅で間取りは1LDKであった。家賃は月十万円かかる。二十五歳の彼がそこを借りられたのは、会社の住宅手当が厚いからだった。

それだけでも感謝しなくてはならない。いや、だからこそいくら人間関係が辛くても、あっさり転職しようとは思えないのだ。

マンションの一階はテナントではカフェバーが店を営んでいる。孝宏はまだ一度も店を訪ねたことはなかった。薄暗い照明のテラスを横目にオートロックのエントランスを通り過ぎ、内階段で二階へと上っていく。

二〇一号室が彼の根城だった。カードキーで重い扉を開けると、自動で玄関のダウンライトが照らされた。

短い廊下の突き当たりにLDKへ通じるドアがある。孝宏は部屋に入るなり、ジャケットを脱ぎ捨てて、二人掛けのソファにどっと身体を投げ出す。

「あ～、疲れた」

十二畳ほどあるＬＤＫにはソファの他、小さなテーブルとテレビ台しかない。そのテレビだって学生時代に先輩から譲り受けた三十インチくらいのやつだ。部屋のグレードの割に、家具調度の安っぽさがちぐはぐな感じだった。独り者の彼には広すぎる部屋だった。実際、他の室の住人はみな夫婦者が住んでいる。

「腹減ったな……」

孝宏は独り言を言うと、冷蔵庫から缶ビールと買い置きの惣菜を出す。コンビニのゲソ天だが、レンジで温める気力もない。彼は冷たくなった油を意識しながら、ビールでぐっと流し込んだ。

すると、玄関のチャイムが鳴った。

今頃誰だろう。孝宏がシャツ姿でインターホンのモニターを確かめると、二〇二号室に住む隣人が立っている。

「はい。何でしょう」

玄関ドアを開いた孝宏は無表情だった。普段から隣近所との付き合いはない。一フロア二部屋しかないため、一応顔を合わせれば挨拶を交わす程度である。

「四階でマンションの住人会議があるの。疲れているところを悪いんだけど、一緒に来てくれないかな」

白石真凜は、隣に住む若妻だった。二十五歳の孝宏より二つ三つ年下だったはず。だが、いわゆる「白ギャル」の彼女は日頃から開けっ広げで、よく言えば人懐っこい性格だった。相手が誰であろうと、敬語を使っているところを見たことはない。

「は？　会議……ですか？」

一方、いきなりのことで孝宏は面食らってしまう。このマンションに住んで二年間、住人会議など今まで聞いたことはなかったのだ。しかも、疲れている。

だが、真凜は構わず先を進めた。

「四〇二号室の山下さん家。もうみんな集まってて、安井さん待ちなんだ。そんなに時間はかからないと思うから、行こうよ」

真凜は身体にピッタリしたノースリーブのニットを着て、下は素足も眩しい超ショート丈のデニムパンツを穿いていた。白い肢体が玄関先のダウンライトに照らされ、妙になまめかしく見える。

孝宏は以前からこの若妻を憎からず思っていた。

「わかりました。じゃあ、ちょっと着替えていくんで——」

呼びに来たのが夫のほうだったら、彼は断っていたかもしれない。しかし精神が荒んでいるとき、見栄えのいい若い女というのは、男のなけなしの気力を取り戻す効果があるものだ。

「恰好なんかそのままでいいよ。一緒に行こう」

結局、真凜に押し切られ、孝宏はくたびれたシャツ姿で部屋を出るのだった。

四階へはエレベーターで行った。四階に住む山下夫妻は世話好きらしく、孝宏が入居したときから何くれとなく親切にしてくれているが、部屋にお邪魔するのは初めてだ。

「安井さんって、何の仕事してるの？」

ギャルの真凜はあけすけにものを言った。孝宏は気圧されぎみだ。

「い、いや……別に。普通のサラリーマンだけど」

「だってまだ若いでしょ。独身だよね？」

やはり不思議に思われていたようだ。孝宏のような若者が一人で住むには贅沢すぎるマンションであった。隣人からすれば、彼の職業に好奇心を抱くのも無理はない。

だが、会社の福利厚生から説明するのは面倒だ。彼は方便を用いた。

「ええ、まあ……。その分、給料を自分の好きに使えるから」

「ふうん」

真凜はその答えに満足していないようだったが、とりあえずは引き下がる。

狭い箱の中で並んで立つと、意外とギャル妻は小さかった。明るい色に染めた髪の分け目が孝宏の視線の先にあった。エレベーターの白(しら)けた明かりに輝く剝(む)き出しの肩が突き抜けるように白い。

（ああ……）

いい匂いがした。若い女の匂いだった。甘い花のような香りは、彼女の着ているニットから漂(ただよ)っているのだろうか。あるいは——

「着いたぁ」

エレベーターが四階に止まった。孝宏は真凜の後に続いて、ここに住んでから初めて四階フロアに立っていた。

「ようこそいらっしゃい。夜分に呼び出したりして、ごめんなさいね」

玄関に出迎えてくれたのは、この部屋の住人である山下文華(ふみか)であった。三十代半ばの元教師で、夫も現役の教師という夫婦。一歳の子供がおり、今もその胸に赤子を抱いて来客に応じていた。

「お邪魔します――」

文華、真凜に連れられて、孝宏は緊張の面持ちでリビングに入る。

そこには三人の妙齢の女性が座っていた。

いっせいに視線を向けられ、孝宏はついドギマギしてしまう。確か全員が各部屋の奥さんで、このマンションは六部屋の構成だから、ここに全世帯の人妻が集まっていることになる。

「あ……。こんばんは」

呆気にとられた孝宏は、やっと間の抜けた挨拶をした。

引率者を務めた真凜がすかさずフォローに回る。

「ほらぁ、そんなとこに突っ立ってないで、座って座って」

「どうぞ。安井さんの席はこっちよ」

文華があとを引き取り、一人掛のソファーを示した。

孝宏は素直に腰を下ろす。思考が混乱していた。五人もの人妻に囲まれたのは、もちろん初めてである。しかも、男は彼一人なのだ。

横手にある長ソファには、三人の人妻が並んでいた。真凜はダイニングから持ってきた木製の椅子を反対向きにして座り、文華は孝宏の対面の位置に赤ん坊を抱いて立ったままだった。どうやら家主の彼女が取り仕切るらしい。

「本日は、お忙しいところをお集まりくださいまして、誠にありがとうございます。本日の議事進行を務めます、四〇二号室の山下でございます。何分不慣れなもので行き届かない部分もございますが、どうぞよろしくお願いいたします」

不慣れと言いながら、淀みない進行ぶりはさすが元教師といったところ。孝宏も黙って聞いていた。

「本日の議題に入ります前に、改めて皆さんに自己紹介をお願いしたいと思います」

「こうやってみんなで集まるのも初めてだしね」

真凜が口を挟むと、文華は頷いて後を続けた。

「白石さんの仰るとおり。わたくしたち、普段は顔を合わせれば一応挨拶くらいはしますけど、ご近所付き合いらしいことなんてありませんでしたもの。この機会にお近づきになるのも悪いことではないと思うわ」

元教師は全員に言葉が染み通るのを待ってから、ソファの一人に声をかけた。

「では、高杉さん。あなたからお願いします」

「え、あたし？　まあ、いいけど――」

指名された人妻は、このなかで一番ふてぶてしく見えた。背もたれに片肘をついて頭を支えた姿勢も気怠げで、着古したキャミソールから熟した乳房がこぼれ落ちそうだった。

「三〇一号室の高杉浩子です。専業主婦やってます。好きなものは競馬とパチンコかな。あと……、別に言うことないか」

適当に切り上げようとすると、真凜が混ぜっ返してきた。

「あと、このなかじゃ一番お姉さまじゃん」

「まあね。よんじゅっちゃいでーす」

浩子は真凜を睨む真似をしつつ、おどけて年齢を言ってみせる。どうやらこの二人は以前から仲がいいらしい。

進行の文華は次の人妻を指名した。

「では、次は千尋さん。いい？」

「はい。四〇一号室の河上と申します。主人は美容師、わたしもアパレル関係の仕事をしております関係で、いつも帰宅が遅くて、なかなか皆さんとお会いできる機会が少ないのですが、どうぞよろしくお願いします」

唯一ジャケットスタイルで丁寧に頭を下げる千尋は、このなかでは真凜に次いで若いようだ。座っていてもスタイルがいいのがわかる。客商売をしているだけあって言葉にも淀みなく、職業女性の毅然とした物腰が好ましかった。

続いて、孝宏の一番近くに控えていた人妻の番になった。

「早乙女葉月と申します。三〇二号室です。夫は大型トラックのドライバーをしています。よろしくお願いいたします」

質素だが清潔ななりをした葉月は、簡潔に言って頭を下げた。三十代半ばから後半といったところだろうか。話し方も奥ゆかしく、いかにも良妻といった感じだ。

その後、真凜、文華と続き、ついに孝宏がしゃべる番になった。

「二〇一号室の安井です。会社勤めをしています」

それきり終わりそうになったので、真凜が横から援護射撃する。

「奥さんはいるんですかー？　あと何歳？」

「あ、独身です。二十五になります」

「若いわー。素敵」

茶々を入れたのは、キャミ姿の浩子である。

それに触発されたのか、文華も質問を投げかけてきた。

「お仕事は忙しいのかしら。残業なんかもよくあるの？」

「え？　はい……？」

踏み込んだ問いに、孝宏は思わず口ごもる。なぜそんなことを聞かれるのかわからなかった。

すると、真凜が代わりに答えた。

「そんなに遅くなることはないよね。毎日、七時か八時には帰ってくるわ」

「あら、さすが隣人ね。白石さん」

文華は赤子をあやしながらギャル妻を褒めそやす。

孝宏は体の奥が熱くなるのを感じた。隣人とは言え、そんなふうに帰宅時間を観察されていたとは知らなかった。

思わず発言者のほうを見やると、真凜は悪びれる様子もなく、むしろ手柄を褒めてもらいたそうに微笑(ほほえ)んでみせるのだった。背もたれを間に挟み、大きく開いた生脚が目についた。白く、むっちりしていて、みずみずしかった。ホットパンツの裾から今にも下着が見えそうだ。

「ともあれ、今日お集まりいただいたのは他でもありません。明日から、うちも含めて皆さんの夫たちが一斉に不在になるという未曾有(みぞう)の危機を、いかにして乗り越えるかという話し合いをするためです」

ようやく本題に入ったようだ。だが、会議の導入から孝宏には驚きの連続だった。

「すみません、その……旦那さんたちが一斉に不在になるというのは？」

たまらず質問すると、代表して文華が答える。

「どうもこうも、そのままの意味よ。うちの夫は研修で出張しているんだけど、ほかのお宅もいろいろあって――」

「偶然重なってしまったんです」

後を引き取ったのは、アパレル勤めの千尋であった。

要するに、しばらくの間、マンションにはここにいる人妻五人と孝宏しかいない状態に置かれるというわけだった。「未曾有の危機」は大げさかもしれないが、女たちが不用心に思うのは無理もないことだ。

緊急会合の開かれた理由がそれでわかった。

「なるほど。それで……」

ところが、ふと顔を上げたとき、彼は五人の視線が自分に集まっていることに気付いた。

何やら嫌な予感がするが、文華はそのまま議事を進めていく。

「そんなわけで、この建物はしばらく物騒になってしまいます。セキュリティ会社に頼むという案も出ましたが、今からでは間に合いません。ほかにいいアイデアがある方はいらっしゃいませんか？」

彼女は教師然として参加者を見渡すが、意見は出てこない。

場に白けた空気が漂いだしたとき、声をあげたのはおとなしかった葉月だった。

「お互いに気をつけて、声を掛け合うようにすべきだと思います」

「それ、チョー大事。助け合いだよね」

真凜は、この場のムードメーカーであった。実際、彼女の合いの手でまた議論は活発になる。

「わたしも声を掛け合うのは重要だと思います。ただ、やはりそれだけでは――」

「オートロックでも危ないときは危ないしね」

「今の間だけ、荷物は宅配ボックスしか使っちゃいけないことにしたら？」

「それだと出前が頼めないわ」

喧々諤々（けんけんがくがく）の議論が交わされるが、一人孝宏だけが蚊帳（かや）の外だった。早く眠りたかった。腹も減っている。これ以上、慣れないことで頭を使うのが億劫（おっくう）だった。

「すみません。ちょっとトイレに行っていいですか」

気分転換にと彼が言い出したときも、みな議論に夢中で、誰一人気にかける者はいなかった。

リビングを出た孝宏は、迷うことなくトイレに向かう。同じ間取りだから聞くまでもない。ただ、二〇一号室と四〇二号室では左右反転しているだけだった。まもなく用を足し、トイレを出たときは、だいぶ頭がスッキリしていた。少なくとも眠気はしばらく追いやることができた。

しかし、彼はリビングに入る手前ではたと立ち止まる。

相変わらず室内の議論は活発なようだった。だが、そのなかに不穏な言葉を聞いた気がしたのだ。

「手っ取り早く押し倒しちゃえばいいんだよ」

声の主は真凜だろうか。そのとき彼が思い出したのは、トイレに立つ前に全員から浴びた視線であった。何か関係があるのだろうか。彼の知らないうちに、人妻たちはよからぬ思案でも巡らせていたのだろうか。

「ゴホッ……」

孝宏はわざと咳払いをして、リビングに入る。人妻たちがどんな顔をするか見てみたいと思ったのだ。

ところが、予想に反して驚く者はいなかった。誰一人気まずそうな表情を浮かべる者もおらず、滞りなく会話を続けたのだ。

（俺の勘違いだろうか――？）

孝宏は思い改める。独身男のいない間に、人妻同士で夫婦の営みの話をしていただけかもしれない。

やがて話し合いが始められてから一時間近く経ち、そろそろ決を採る雰囲気になった。

「たくさんのご意見が出ましたが、皆さんだいたい一致したのではないでしょうか」

文華がまとめに入ると、ほかの四人も大きく頷く。

「では、唯一の男手である安井さんに防犯係をお願いするということでよろしいでしょうか？」

「異議なーし」

「あたしも賛成」

「わたしもそれで結構です」

「はい。安井さんさえよろしければ」

全員の気持ちはまとまっているようだ。ただ一人、孝宏本人だけが何事が起きたのかわからず泡を食っていた。

「ちょっ……待ってください。その防犯係って何ですか」

その疑問に答えたのは文華だった。

「そんなに身構えなくても大丈夫よ。ただしばらくの間、各部屋に異常がないかパトロールしていただきたいの。もちろん、安井さんがお仕事から帰ってから、ご都合のいいときで結構です。その代わりと言っては何ですけど、それぞれの家庭が持ち回りで夕食を振る舞わせてもらう、という条件でいかがかしら？」

意外な結論に戸惑ったものの、結局、孝宏はその申し出を受けることにした。実際に大捕物になるような事件が起こるとも思えないし、何より五人の人妻の自宅に、亭主がいないときにお邪魔できるのである。

つい、何かが起こる期待をしてしまうというものだ。

住民会議の決は採られ、やがて散会となった。時刻は夜九時近かった。人妻たちは三々五々帰り支度を始め、孝宏もその後について出ていこうとした。

だが、そこを文華が呼び止める。

「安井さんはもうしばらくいて」

「何でしょうか？」

「大変な役を引き受けてくれたでしょう？　そのお礼に早速夕飯をご馳走したいのだけど」

「え。いや、しかし……」

「お願い。たくさん作り過ぎちゃって食べきれないのよ」

文華は彼が遠慮しないように言い添える。胸に抱いた赤子はすやすやと寝息を立てていた。子供を見つめる母の目は慈しみに溢れていた。

「じゃあ、ご馳走になろうかな」

孝宏が招待を受けたのは、本当に腹が減っていたのもあるが、一つには文華の母親像にどこか心安らいだ思いをしたからだった。十八歳で独り暮らしを始めてから、実家に帰ったのは数えるほどしかない。彼は家庭の味に飢えていた。

その後、孝宏はダイニングテーブルに案内された。カウンターキッチンの向こうでは、文華が作りおきのカレーを温め直している。

（なんかいいな。こういうのも）

結婚したら、こんな風に妻が毎日食事を作ってくれるのだろう。二十五歳の彼に結婚はまだ遠い未来の話でしかなかったが、家庭の持つ温かな雰囲気は、仕事で荒んだ気持ちを洗い流してくれるようだった。

「簡単なものでごめんなさいね。亭主がいないから、楽しちゃった」

文華は言いながら、カレーライスとサラダを並べる。簡単なものと言うが、自炊しない孝宏からすれば、十分なご馳走だった。

「とんでもない。家庭のカレーなんて久しぶりです。いただきます」

「どうぞ。お代わりもありますからね」

空腹の孝宏は早速カレーに食らいつく。美味い。何の変哲もないカレーだが、野菜がゴロゴロ入っているのがうれしい。

しかし、文華は一緒に食べなかった。先に済ませたのだろうか。ともあれ、主婦の彼女には片付けなければならない家事があるらしく、部屋のあちこちを忙しそうに動きながら話しかけてくるのだった。

「安井さんが越してきたのって、たしか二年前くらいだったわね」

「ええ。就職して一年くらいで」

「そうか。二十五歳って言ってたものね。お仕事はどう？」

「まあ、ボチボチですよ」

「やっとお仕事にも慣れた頃ですものね。嫌な上司とかいるんじゃない？」

「ハハハ。いや、まあ――」

図星を突かれ、孝宏は乾いた笑いでごまかしたが、実際嫌な気分はしなかった。詳しく話さないにしろ、こんなふうに聞いてくれる相手がいるというのもいいものだ。

すると、赤ん坊が泣き出した。

「はいはい。今行きますからね」

文華は優しく声をかけながら、濡れた手を拭いて、赤子を寝かせたリビングへ急ぐ。手にはオムツのパッケージを抱えていた。

孝宏は黙ってカレーを食べていた。食事中にあまり見るものでもないからだ。

だが、目を引かれずにはいられなかった。そのとき文華は彼に背を向けてしゃがんでおり、懸命にオムツを取り替えていたのだが、背中を丸めているせいでチノパンがずり下がってしまい、ほとんど尻の際まで露わになっていたのだ。

(ゴクリ――)

孝宏は飲み下したのがカレーか自分の唾液かわからなかった。十歳ほども年上の女性、それも人妻の際どい姿が目の前にあった。尻はたっぷりとして気持ちよさそうだ。我知らず、疲れマラが疼いてしまう。

「安井さん、ごめんなさいね。ろくにお構いもできなくて」

後ろ姿の文華に言われ、孝宏は慌てて食卓に目を移す。

「いえ、その……お母さんは大変ですね」

彼が言い淀んだのをどう受け取ったのか、彼女は声をたてて笑った。

いかんいかん、何を考えているんだ俺は。孝宏は頭から妄念を振り払おうとした。

相手は人妻なのだ。ご近所の奥さんに欲情してどうする。きっと疲れているせいだ。

彼は自分に弁解しながら、食事に集中した。カレーライスはすでに食べ終わり、残りのサラダにとりかかる。

だが、そのときふと背後に気配を感じた。文華だ。

「少し汗臭いわね。お風呂にも入っていきなさいよ」

彼女は身を屈め、孝宏のうなじ辺りで鼻をヒクつかせていた。

指摘（してき）された孝宏は顔を赤くする。

「すみません。その、帰宅したばかりだったので――」

しかし、文華は決して責めているわけではなかった。最後にもう一度だけ匂いを嗅ぐと、笑みを浮かべて対面に腰をかけた。

「突然呼びたててしまったものね。さ、食べ終わったらお風呂入っちゃって」

「いや、でも自分ちもすぐそこですから」

「若いのに遠慮なんかしないの。その間に洗い物を片付けたいんだから」

「はあ」

「ほら、グズグズしない。ちゃんと着替えも用意しておくからね」

「はい。そこまで言ってもらえるなら――」

最初は固辞しようと思ったが、結局文華に強引に押し切られ、孝宏は風呂もご相伴に預かることにした。さすがは元教師といったところか。彼女の口調や物腰には有無を言わせないところがあった。

脱衣所で孝宏はしばらく鏡を見つめていた。自室と同じ間取り、設備だが、まるで雰囲気が違う。シンクや棚には二人分の化粧品などが所狭しと並べられ、壁の凹んだ箇所には彼の部屋にはないラックに色とりどりのタオルがしまってあった。

孝宏はもう一度鏡に映った自分を見る。顔は脂染みて、シャツはヨレヨレだった。いかにもくたびれたサラリーマンである。社会に出てたった三年で、自分がこんな風になるとは思いも寄らなかった。

そしてようやくシャツのボタンに手をかけるが、ためらってしまう。他人の家で風呂に入るのは、学生時代に友人の家に泊まったとき以来だ。ただ入浴するだけのはずが、何となく間男でもしているような気分になる。

そこへ文華が来て脱衣所のドアをノックした。

「着替えを持ってきたわ。入っていい？」

「ええ、どうぞ」

まだ脱いでもいない孝宏は答えた。すると、文華が替えの下着とTシャツを持って現れた。

「はいこれ。パンツは新品だから安心して」

「ありがとうございます」

「あと、Tシャツは夫のお古なんだけど、もう捨てちゃうやつだから」

「何から何までご親切にどうも」

孝宏は着替えを受け取りながら、密かに胸を高鳴らせていた。脱衣所は狭く、無防備な人妻がすぐそばにいた。

ところが、文華はなかなか出ていこうとしない。やがて口を開いたかと思えば、

「もうとっくに入っていると思った。まだ服も脱いでいないのね」

などと言いだしたのだ。

孝宏は意図がわからず口ごもる。

「ええ、ちょっとボーッとしちゃって。何となく」

　すると、文華の手が彼のシャツに伸びた。

「よほど疲れているのね。可哀想に。いいわ、わたしがやってあげる」

「えっ。いや、ちょっと……」

　孝宏の服を脱がせようというのだ。焦った彼は押しとどめようとして、思わず彼女の手首をつかんでしまう。

「あっ。ごめんなさい。痛くなかったですか？」

「いいえ。痛くはないわ。でも――」

　人妻の上目遣いにジッと見つめる目がもの言いたげであった。

「ねえ、いつまでつかんでいるの」

「すっ、すみません……」

　孝宏は慌てて彼女の手を離す。柔らかい手だった。

　文華は彼の顔をジッと見つめ、シャツのボタンを外していく。その瞳は熱を帯びていた。

「痩せているのね。もっと食べなきゃいけないわ」

　子を持つ母親らしく、そんなことを言いながらもシャツを脱がせ、次にズボンのベルトにも手をかけた。

「あ、あの……あとはもう自分でできますから」

孝宏は呼吸ができない。人妻の唇は濡れていた。熱い吐息まで感じられるようだ。

それでも、まだ彼には理性が残っていた。

すると、文華も一瞬手を止める。さすがにやり過ぎと思ったのだろうか。

しかし、彼女はこう言ってきたのだ。

「こんなふうにされるのは、嫌？」

「嫌、とかでなく、その――」

「どうして？　男の子でしょ。それとも、こんなオバサンじゃ嫌なの？」

「とっ、とんでもない。決して――」

その間にも、文華は身体をそば寄せてきた。孝宏の鼻に柔軟剤の香りがふわりと漂ってくる。いやが上にも鼓動が高鳴った。

「決して、なぁに？　安井さんからわたしはどんなふうに見えるの？」

彼女は唇を耳たぶに触れそうなほど近づけて訊ねるのだ。しかも、片手は彼のズボンの上から股間を優しくまさぐっていた。

「ハァ、ハァ、うう……」

孝宏はたまらず呼吸を荒らげる。

「ねえ、教えてちょうだい」

蕩けるような声で文華は言った。

もはや孝宏の思考は働いていない。股間を揉みしだく人妻の手が、彼の頭から理性を奪い去っていく。

「こ……こんな綺麗な先生がいたら、毎日楽しいだろうなって」

「まあ。可愛いことを言うのね。わたしも、あなたみたいな生徒だったら、授業するのが楽しいと思うわ」

うれしそうに文華は言うと、おもむろに手をズボンの中に突っこんできた。

孝宏の全身に衝撃が走る。

「ぐふうっ……」

「男性器が勃起しているわ」

文華は保健体育の授業のような言葉使いで指摘する。パンツの中にある手は、膨張した陰茎を逆手に擦っていた。

「ああ、山下さん。俺――」

劣情は抑えが利かなくなっていた。孝宏は人妻の潤んだ唇に吸いつきたくなり、わななく両手を持ち上げて、彼女の顔を引き寄せようとする。

だが、すんでのところで文華はしゃがんでしまう。宙に浮いた彼の手は行き場を失った。

「オチ×チンが苦しそう。今、解放してあげますからね」

そして、ついに彼女は下着ごとズボンを下ろしてしまった。

「ああ……」

諦(あきら)めに似た感情が孝宏を覆(おお)う。まろび出た肉棒は怒髪天を衝(つ)いていた。

足下の文華はその太茎をつまみながら、青年の逸物(いちもつ)をためつすがめつしている。

「反(そ)り返(かえ)っちゃってすごい。よほど溜まっているのね」

「うう……恥ずかしいです」

「若いのにもったいないわ。付き合っている女の子はいないの？」

「はい……。ハァ、ハァ」

人妻の顔は亀頭のすぐそばにあった。その肉傘は、柔らかいマッサージで鈴割れから先走り汁を溢れさせていた。

彼女はどうするつもりだろう。孝宏は思うが、その答えはすぐにわかった。

「今日も一日、お仕事お疲れさま」

文華は言うと、長く舌を伸ばし、裏筋を根元からベロリと舐(な)めあげたのだ。

ざらざらした舌の感触が、孝宏の全身を震わせる。

「ぐふうっ、そんなとこ……。汚いですから」

この期においても、彼はそんなことが気になるのだった。

だが、文華はむしろ喜んでいるようだ。

「ううん、男の子のエッチな匂いだわ。しゃぶっちゃうから――」

彼女は言うと、口を開いて亀頭をパクリと咥えこむ。

「んふうっ、んん……」

そうして口の中でくちゅくちゅと肉傘を弄ぶのだ。孝宏はたまらない。

「うはあっ。奥さんっ……」

「こんなに硬くして。若いのね」

文華は脱衣所の床に膝をつき、ペニスを貪っていた。かつては教壇に立ち、生徒たちを指導したであろう熟女は、人妻になり、やがて母親にもなって、いまや夫の留守中に若い男のマラを吸っているのだった。

やがて彼女は頭を前後に揺さぶりはじめた。

「じゅぽっ、じゅる……美味しい」

「おうっ……やっ、山下さんっ」

「カリも太くて。気持ちよさそうなオチ×チン」

文華はそんなことを口走りながら、じゅっぽじゅっぽと肉棒をしゃぶる。

「ハアッ、ハアッ」

孝宏は為す術もなく、口舌奉仕されるに任せていた。久しぶりの感触に今にも腰が砕けてしまいそうだ。

すると、文華も熱がこもり、両手で彼の腰を支えながら顔を振りたてた。

「じゅぷっ……ん。ヒクヒクしてきたみたい」

「だって。ああ……マズいですよ、俺——」

「何がマズいの？　気持ちいいのでしょう？」

「そりゃ……ううっ。それ以上されたらもう……」

熱い塊が陰嚢の裏から押し上がってくる。今にも果てそうだ。

それは文華も承知しているようだった。

「このまま、出していいのよ。じゅぷっ」

しゃくり上げるような動きでさらに刺激を加える。片方の手が陰嚢をまさぐり、射精を促すようだった。

限界はすぐに訪れた。

「もうダメだ……うっ、出る！」

まるで漏らしたかと思うほど、大量の精液がほとばしり出る。

「ぐふうっ」

あまりの勢いに、口中で受け止めた文華は一瞬嘔吐きそうになるが、危うく噴き出してしまうのは堪えたようだった。

そしてストロークは徐々に小さくなっていく。

「んふうっ……」

「ハアッ、ハアッ、ハアッ」

孝宏は息を切らし、人妻の唇が肉棒から離れていくのを呆然と見守っていた。彼女は、口中に出されたものを飲み下してしまったらしい。現実に起こったこととは思えなかった。

かたや文華は口の端を拭いながら、ゆっくりと立ち上がる。変わったことなど何も起きていないかのような態度であった。

「どう。スッキリした？」

「は、はい。ええ……」

「じゃ、ゆっくりお風呂に入ってきてね」

それだけ言うと、来たときと同じように去っていった。

脱衣所に残された孝宏は呆然としていた。いったい何が起きたのだろう。頭が混乱して思考が働かなかった。

「ふうっ」

しかたなく彼は言われたとおり風呂に入った。ほかにしようもないではないか。

浴室で孝宏は熱いシャワーで汗を流し、湯船に浸（つ）かった。温かい湯に少しずつ思考を取り戻していく。文華は夫にいつもあんなことをしているのだろうか。だとしても、同じことを彼にするのは理屈に合わない。これも、防犯係を引き受けたお礼のつもりだろうか。

「わからん――」

考えても答えが出るはずもない。気を落ち着かせるため、彼は普段より長く湯に浸かるのだった。

孝宏が『アーバンヒルズ』に越してきたのは、二年前のことだった。学生時代から住んでいたアパートを引き払い、瀟洒（しょうしゃ）なマンションに転居すると決まったとき、運ぶ荷物はわずか小さなトラック一台分に過ぎなかった。

「今日からここが我が家なんだ」

段ボールを積み重ねた部屋は、それでもまだ十分に広かった。設備も最新のものが整っている。社会人二年目にしては、かなり恵まれた境遇だった。

マンションは一フロアにつき二部屋しかなく、階下は店舗だったので、引っ越しの挨拶は隣室の二〇二号室だけにすればいい。孝宏は持参した地元の銘菓を提げ、胸をドキドキさせながら二〇二号室のインターホンを鳴らした。いったい、どんな人が住んでいるのだろう。

来客に応じ、現れたのは意外に若いギャルであった。

意表を突かれた孝宏はドギマギしてしまう。

「あの、初めまして。隣に越してきました安井といいます」

「へえ、そうなんだ。よろしくね」

隣室のギャルは愛想よく迎えてくれたが、自分が名乗るのは忘れてしまったらしい。

一年間、会社で常識を叩き込まれた孝宏は面食らったが、ともあれ持参したお菓子を差し出した。

「これ、僕の地元の銘菓です。よろしければ皆さんでお召し上がりください」

「わあ、ありがとう。旦那も喜ぶと思う」

「では、お邪魔しました。今度ともよろしくお願いします」

「こちらこそ。わからないことがあったら、何でも言ってね」

こうして挨拶は無事終わったのだが、孝宏は意外に感じていた。自分より若く見えるギャルは既婚者だったのだ。目がパッチリとして、笑顔の明るい女性だった。彼は特にギャル好きではなかったが、あんな若くて可愛らしいお嫁さんがいたら、毎日帰宅するのが楽しみだろうな、とボンヤリ思う。

しばらくの後、孝宏は腹が減ったので、近所を探索がてらコンビニに弁当を買いに行った。地図アプリで確認すると、近所には三軒の違うコンビニがあった。駅にも近いし、生活の利便性はいいようだ。

買い物を終え、再びマンションに戻ってきた彼は、オートロックを開けようとカードキーを取り出そうとしていた。

すると、ちょうど中から出てくる女性と出くわした。

「あら、もしかして新しく越してきた人？」

臆せぬ物腰で話しかけてきた女性は、ジャケット姿で肩にバッグを掛けていた。隣室のギャルと違い、落ち着いた大人の婦人であった。

孝宏は慌てて頭をぺこりと下げる。

「二〇一号室に入った安井です。よろしくお願いします」

「四〇二号室の山下です。こちらこそどうぞよろしく」

明らかに彼より十歳近く年上であろう女性は、丁寧にお辞儀を返した。身なりもきちんとしており、信頼感を抱かせる挙措である。

型どおりの挨拶も住ませ、孝宏はそのまま行き過ぎようとした。ところが、山下夫人はさらに話しかけてくる。

「ずいぶんとお若い方なのね。二階の真凜さんといくつも変わらないのじゃない？」

真凜というのは、例の白ギャル妻のことだろう。階が違えば住人の顔もわからないことが多い都会のマンションで、四階と二階の住人が顔見知りなのは意外であった。

孝宏はボンヤリとそんなことを思いながら答える。

「二十三です。社会人二年目になります」

本来なら、そこまで説明する必要もないのだが、どっしり構えた山下夫人の態度には、こちらも信用していいのだという印象を与えられたのだ。

山下夫人は彼の返答に満足しているようだった。

「なら、真凜さんとは二つ違いね。まだ慣れないことも多いだろうけど、頑張ってくださいね。わからないことがあれば、四階のわたしか主人にいつでも言って」

「ありがとうございます。今度ともよろしくお願いします」

こうして孝宏は、引っ越して数時間のうちに二人の住人と知り合ったのである。独り暮らしの彼に近所付き合いはあまり念頭になかったが、先住者たちに好意的に迎えられたことは、これから新生活を過ごすに当たり、少なからず彼に安心と自信を与えてくれたのだった。

今思えば、あれが文華と初めての出会いだった。夫婦揃って教師とわかったのは後のことである。それからも彼女は折に触れて孝宏に親切にしてくれた。それからおよそ一年後、妊娠した彼女は退職し、子供を産んだのだった。

風呂から上がった孝宏は、つらつらとそんなことを思い出しながら、文華が用意してくれた替えのパンツとTシャツを着る。その上に汗染みたスラックスを穿くのは気が引けたが、まさか下着姿で人妻の前に出るわけにはいかない。

「お風呂、いただきました」

脱衣所を出て、廊下から彼は声をかけた。風呂から上がったと伝えるためだ。

すると、リビングのドアが開いて文華が現れる。

「湯加減はよかった？　——まあ、ごめんなさい。替えのズボンも用意しておくんだったわ」

彼が汚れたスラックスを穿いているのを見て、彼女は言った。

しかし、孝宏が驚いたのは別のことだった。文華がスーツに着替えていたのだ。淡いベージュの上下だった。偶然だろうが、ちょうど彼が入浴中に思い出していた二年前と同じものであった。いったい何故、こんな時間に？

「すみません。あの……、お出かけですか？」

自分でも間の抜けた訊ね方とは思うが、ほかに言いようもない。

だが、文華はその質問には答えなかった。

「一年ぶりに袖を通してみたの。どう？　おかしくないかしら」

笑みを浮かべ、体のあちこちを点検するように向きを変えてみせた。元教員だけあって、スカートは膝下丈のおとなしいものだが、彼女が腰を捻(ひね)るようにすると、熟女のたっぷりしたヒップラインが強調された。

「用意はできているわ。さ、こっちにいらっしゃい」

文華に手招きされ、孝宏は催眠術にかかったようにフラフラと後に続く。

近づくと、化粧品の甘ったるい香りが鼻についた。さっき見たときにも気がついたが、彼女はメイクもし直していた。

リビングでは、片隅のベビーベッドで赤ん坊がすやすやと寝息を立てている。文華はそちらに目をやり、確認すると、さらに寝室の扉を開いた。

「安井さんを見ていたら、学校を思い出してしまったのよ」

その言葉と行為とは、まるで繋がらなかった。孝宏の目にはベッドが映っていた。ダブルサイズのベッドは、毎晩そこで夫婦が寝んでいるのだろう。にわかに鼓動が高鳴るが、彼は立ちすくんだまま動けなかった。

すでに寝室にいる文華が声をひそめるようにして言う。

「何しているの、ほら早く。子供が起きてしまうわ」

「は、はい……」

孝宏はハッとして、言われたとおりにする。入浴前にあんなことがあった後だ。女性経験の少ない彼にも、人妻の意図は薄々わかっていた。

寝室は薄暗く、床に置かれた間接照明がボンヤリと照らしている。

孝宏が部屋に入ると、文華はリビングとの間を仕切る扉をそっと閉ざした。

「こんなことをして、悪い女だと思っているでしょ」

彼女は言いながらも、孝宏のほうへと近づいてくる。

「あ、いえ。僕は――」

「そんなに怖がらなくてもいいわ。ねえ、孝宏くんって呼んでもいい？」

「はい。ええと……」

孝宏がどうしていいかわからずにいると、文華は両手を差し伸べ、彼の頭を自分のブラウスの胸元へと引き寄せた。

「あなたが引っ越してきたときから、可愛いなって思っていたのよ」

孝宏の顔は、いい匂いがする柔らかいものに包まれていた。清潔な柔軟剤の香りとともに、人妻の体から発していると思われる匂いもあった。一日家事育児に勤(いそし)んだ女の汗の香りだ。

「ふうっ、ふうっ」

谷間に挟まれた孝宏は、人妻の体臭に欲情する。下半身が重苦しく熱を帯びているのがわかった。

男の反応は、すぐに文華にも伝わった。

「まだ元気みたいね。頼もしいわ。それでこそ防犯係にふさわしいわ」

そんなことを言いながら、胸に抱いた彼をベッドへと誘っていく。

「ほら、服を脱いで横になって」

女の手がTシャツにかかり、孝宏も素直に従った。首から抜き取るのに一旦胸から離れなければならないのを残念に思うほどだった。

そして、ついに彼は夫婦のベッドに体を横たえる。すっかり間男の体である。罪悪感が胸をチクチクと刺した。

一方、文華はスーツを着たままベッドに上がった。

「いつもこんなことをしているわけじゃないのよ」

彼女にも罪の意識はあるのだろう。言い訳じみたことを口にしたものの、その手はスラックスを脱がせにかかっていた。

「ふうっ、ふうっ」

すでに孝宏は息を上げていた。今夜住人会議に呼ばれたときには、まさかこんなことになろうとは予想だにしていなかったのだ。

文華の手はためらうことなく彼のパンツを下ろした。おそらくは夫のために買ったであろう新品の下着から、階下に住む青年のいきり立った逸物が弾け出る。

「すごい。もうカチカチじゃない」

「うう……」

反り返った肉棒は、すでに先走りを吐いていた。自分だけ全裸にされた孝宏は、羞恥と劣情に責め苛まれる。

すると、文華はなぜか彼の足下のほうに腰を据えた。

「一度でいいから、こんなことをしてみたかったの」

彼女は言うと、おもむろに両脚を伸ばし、足裏で太竿を挟み込んでくる。

「はうっ……あっ、そんな——」

「オチ×チンをシコシコしてあげる」

文華のストッキングを穿いた足が、肉棒を扱（しご）いてきた。

初めての快感に孝宏は喘（あえ）ぐ。

「うはあっ、やっ、山下さんっ……」

「嫌よ。孝宏くんも、文華って呼んで」

両足で挟むため、文華はガニ股になっていた。スカートはまくれ上がり、パンストの股間までが薄明かりに見えている。

「うぐっ……文華、さん……」

「とぉっても気持ちよさそう。エッチな顔してるわ」

さらに彼女は足指の間に竿を挟んでみたり、あるいは足裏で裏筋を押しつけるようにして愛撫を続けた。

「ああ、文華先生——」

めくるめく快楽に翻弄され、孝宏は思わず口走る。脱衣所でのフェラといい、すべては文華の主導で事は成されてきたのだった。女の足でいたぶられるのも生まれて初めてのことだ。こんなにエロい教師がいるのかと思えば思うほど、愉悦も高まっていくようだった。

だが、しばらくすると、文華は足コキをやめてしまった。

孝宏が残念に思っていると、彼女が覆い被さってくる。

「わたしも興奮してきちゃった」

そう言って、おもむろに唇を押しつけてきたのだ。

「文華さ……ふぁう」

「んふうっ、ちゅぼっ」

すぐに舌が挿しこまれてくる。女の甘い息の匂いがした。互いの口中で舌はのたうち、唾液を貪り合いながら、執拗に絡みついた。

「ちゅばっ、はむ……あああ」

人妻のキスは甘く蕩けるようだった。孝宏はたまらず彼女の体を抱きしめ、その温もりを感じた。どこもかしこも柔らかく、スーツ越しにも女の体が熱を帯びているのがわかる。

「ぷはあっ。孝宏くんのキス、上手よ」

やがて顔を上げた文華が言う。見つめる瞳が潤んでいた。

「文華さん、俺――」

「いいのよ。それより、わたしもう我慢できないの。いいでしょ？」

彼女は浅い息を吐きながら、硬直を逆手で扱いてくる。

言われるまでもなく、孝宏の肉棒は臨戦態勢にあった。

だが、かく言う文華は服を着たままだった。どうするのか見ていると、彼女は一旦膝立ちになり、スカートの裾から手を突っ込んで、下着ごとパンストを脱いだのである。

「後ろから来て」

彼女は言うと、スカートを腰までまくり上げて四つん這いになった。

得も言われぬ光景であった。スーツを着た女教師が、ベッドの上で尻や性器を丸出しにして、夫以外からの寵愛をねだっているのだ。

「ハァ、ハァ」

孝宏は鼻息も荒く、硬直を携えて人妻の背後に回りこむ。

かたや文華も興奮に声を上ずらせて囁いていた。

「見て。こんなに濡れているのよ」

彼女は言いながら、自らの手で割れ目をパックリ開いてみせた。そこはしとどに濡れそぼり、粘膜をヌラヌラと光らせている。

孝宏は生唾（なまつば）を飲み、いきり立つ逸物を花弁に近づけていく。

「本当にいいんですか？」

彼自身、気は逸（はや）りながらも最後の確認をする。

もちろん文華に異論があろうはずもない。

「早くぅ。きて」

「文華さん——」

孝宏は腰を進め、肉棒が温もりに包まれていく。

「ほうっ……」

「んあっ、入ってきた——」

男の侵入に文華は喜ばしげな声をあげた。

人妻の蜜壺はみっちりと太竿をつかんで離さないようだった。盛んにぬめった牝汁（めすじる）を噴きこぼし、奥へ奥へとたぐり寄せるように感じられる。

孝宏は愉悦に浸（ひた）りつつ、根元まで肉棒を突き入れた。

「ああ、文華さんの中、あったかい」

「わたしの中に、孝宏くんがいるのがわかるわ……」

「動いて、いいですか」

「突いて。滅茶苦茶にしてほしいの」

「文華さんっ」

淫らに誘惑され、頭がカッとなった孝宏は激しく腰を振りたてた。

「ハアッ、ハアッ、ハアッ」

「んあ……ああっ、いいわ」

「ヤバイ。気持ちよすぎる」

「もっと……イイッ、感じちゃう」

尻をまくったスーツ姿の人妻は臆面もなく喘いだ。教師も人の子だ。セックスをすれば悶えるのも当然だが、彼女を犯しているのは近所の青年であった。しかも、誘惑したのは人妻である彼女自身であった。

「んふうっ、イイッ。奥に当たってる」

孝宏が腰を穿つたびに、ぬちゃくちゃと湿った音がする。愛液の量は多く、膝をついた文華の内腿にまでこぼれ滴っていた。

「ハアッ、ハアッ。ううっ……」

肉棒は燃えるように熱を帯びている。女とはこんなに気持ちいいものだったろうか。孝宏の数少ない経験は記憶に遠く、まるで初めて女体の神秘を知ったときのようだった。

「あっふ。イイッ、イイイッ」

文華も乱れ、悦楽に溺れていた。幼子を抱いていたときに見せていた、慈愛に満ちた母の顔はいまや影もない。荒い息を吐き、尻を突き出して身悶えるさまは、男に飢えた女の本性が丸出しであった。

やがて孝宏の額に脂汗が滲みはじめる。

「ハアッ、ハアッ。ああ、もうダメかも……」

あまりの気持ちよさに、今にも暴発してしまいそうだ。彼が快楽に身を委ねようとしたとき、おもむろに文華は言ったのだった。

「待って。まだイッちゃダメよ」

がむしゃらに腰を突く彼を制し、射精を禁じたのである。

はしごを外された孝宏はガッカリする。まさに昇り詰めようとしていたところであった。

しかし、文華は行為を中止しようとしているわけではなかった。

「最後はわたしが上になりたいの。いいでしょう」

「ええ、もちろん」

再び繋がれると知って孝宏は喜んだ。

一旦離れ、体勢を変えながら文華は夫婦事情を明かした。

「うちは夫も教師でしょ。それで夜の営みのときも、どうしてもお互い自分が主導権をとろうとしてしまうのよ」

「そういうものですか」

「ええ。やっぱり普段子供たちに教えるのが習慣になっているからかしら」

文華はこぼしながらも上に乗り、硬直に腰を沈めていく。

「うふうっ、これよ――」

「おうっ。文華さんっ」

スカートは腰の上までまくれ上がり、もはや意味を成していない。人妻の蜜壺は肉棒を咥えこみ、無数の凹凸で愉悦へと誘っていく。

文華は腰を上下させた。

「んあっ、イイッ。これがしたかったの」

「ハアッ、ハアッ」

「あああ、久しぶりだわ。この感触」

人妻はなまめかしく腰を振りながら、なおも夫婦の秘密を語った。いわく、前述の主導権争いのせいで、どうしてもベッドでギクシャクすることが多くなり、子供が生まれてからはずっとご無沙汰だったというのだ。

「だからうれしいの。孝宏くんみたいな、素直な生徒としたかったの」

「文華先生っ」

「可愛いわ」

文華は身悶えながらも、幾度となく身を伏せては舌を絡ませてきた。

「素敵よ。孝宏くんの大きいの」

「俺も……あああ、すごく気持ちいいです」

「わたしもイキそう――ねえ、中に出していいのよ」

耳元で囁かれた言葉に、孝宏はうれしい衝撃を受けた。

「本当に……ううっ。いいんですか？」

「きて。わたしも……はひぃっ、イッちゃううっ」

にわかに文華のグラインドが激しくなる。

「あんっ、あんっ、イイッ、イイイーッ」

「ハアッ、ハアッ。マジで……文華先生っ」

「孝宏くんっ――」

前屈みになった文華が滅茶苦茶に尻を蠢かした。

「イクうっ、イッちゃううっ」

肉棒は限界だった。体の上で淫らな人妻が舞うのを見ながら、孝宏は熱い塊がこみ上げてくるのを覚えた。

「ああっ、もうダメだ。出るっ……！」

「あひいっ、わたしも……イクっ！」

絶頂はほぼ同時であった。白濁が迸ると、文華も天を仰いで絶頂を訴える。その瞬間に蜜壺は肉棒を食い締め、最後の一滴までを搾り取るのだった。

「ぐふうっ」

「んんんっ……」

徐々にグラインドが収まっていく。髪を乱した人妻はほうっと息を吐き、尻を据えたところで動きをやめた。

「ハアッ、ハアッ、ハアッ、ハアッ」

「あああ、よかったわ――」

絶頂した人妻は顔を火照(ほて)らせ、満足そうにゆっくりと上から退く。

「おうっ」

「んあっ」

肉棒が抜け落ちる瞬間、敏感になった男女は揃ってブルッと体を震わせた。

文華の恥毛は濡れて貼り付き、股間からはかき混ぜられて泡立つ愛液が滴り落ちていた。彼女が下半身だけ脱いでいるせいで余計に目立ち、淫靡(いんび)に見える。

やがて孝宏は服を着直し、辞去することになった。

「晩ご飯、ご馳走様でした。あとはその――」

言葉が続かない。何と言っていいかわからなかった。

一方、文華もさすがに少し照れ臭そうだった。

「何も言わなくていいわ。今日はありがとう」

「いいえ、そんな。僕は何も」

「うん。よかったわ。夜の防犯係としてはもう一人前ね」

それは彼女なりの照れ隠しだったのかもしれない。文華は彼を玄関まで見送り、最後にもう一度キスをしてきたのだった。

「おやすみなさい」

「おやすみなさい。失礼します」

自室へ帰る孝宏は浮き足立っていた。足下がフワフワして現実味が感じられない。文華と交わったのが夢のように思われる。だが、股間に息づく逸物は人妻の感触をしっかりと覚えていた。

部屋に帰ると彼はすぐに布団に潜ったが、興奮冷めやらず、なかなか寝付けなかった。夫の不在時に、その妻と肉体関係に及んだことなど生まれて初めてだ。若い孝宏はモラルに思い悩む一方、これまで顔見知り程度だったご近所さんたちが、にわかに自分の人生に入りこみ始めているのを感じていた。

第二夜　浩子／賭けて乱れて

夜七時、帰宅した孝宏は部屋着に着替えて部屋を出た。エレベーターは使わず、そのまま内階段を上がり、最上階へと向かう。

四階フロアに着くと、彼はまず四〇一号室のインターホンを鳴らした。

「今晩は。安井です。異常ありませんか」

「ええ、大丈夫です。ご苦労様」

住人の河上千尋は言葉少なに、だが親しみを込めて応じる。

孝宏は「防犯係」に任じられ、早速巡回パトロールをしているのだった。

四〇一号室は問題なし。インターホンを離れ、彼は思うが、そもそも問題など起こるはずもない。これまでも、このマンションで事件など起きたことはないのだ。

それでも人妻たちと約束した以上、巡回を怠る(おこた)わけにはいかない。孝宏が元来実直な性格だったのもあるが、何より就任初日に文華と肉を交えてしまったという負い目がある。確かに誘惑してきたのは文華のほうだが、もし事が露見したら、マンションに住みづらくなるのは明らかだ。

「すうーっ、ふううーっ」

孝宏は深呼吸し、緊張の面持ちで四〇二号室のインターホンを押す。

すると、文華はインターホンには応じず、直接玄関に顔を出した。

「あら、今晩は。今日は早いのね」

「今晩は。あの……、昨日はご馳走様でした」

人妻は昨晩のようなスーツではなく、普通の部屋着で現れた。気まずい様子も見せず、まるで何事もなかったかのような澄まし顔をしている。

「早速見回ってくれているのね。助かるわ」

「いえ……それじゃ、まだあとがありますから」

孝宏は居心地の悪さを感じ、そそくさと辞去しようとする。

しかし、文華も今日は無理に引き留めようとはしなかった。

「そう。頑張ってね」

「失礼します」

ドアは閉まり、彼は緊張感から解放される。少し失礼だっただろうか。自分の素っ気ない態度を顧みて反省した。二十五歳の彼は人妻との快楽行為を遊びと割り切れるほどには、そこまで鉄面皮にはできていない。

ともあれ難所を越えて、孝宏は階段で三階へ向かった。

そこで出くわしたのは、三〇二号室の早乙女葉月であった。

「あ……。今晩は」

ちょうど帰宅したところらしく、葉月は手に買い物袋を提げていた。

「今晩は。見回りですか」

「ええ。今日から早速。お買い物ですか？」

先ほどの反省から、孝宏はひと言添える。

すると、葉月は言った。

「今日は、すっかり買い物に行くのを忘れてしまって。夫がいないものだから」

なぜか彼女は恥ずかしいことでもあるかのように弁解していた。普段は夫の仕事が朝早く、帰りも早いため、普段はもっと早い時間に済ませてしまうのだろう。

孝宏はそんなことを思いながら、自然と笑みをこぼす。

「では、僕はこれで。失礼します」

「ごめんくださいませ」

葉月は言うと、部屋に入っていった。

見た目は地味だが、いい奥さんだ。文華とのことがあったあとで、孝宏は余計にそんな思いを強くした。

しかし、問題は三〇一号室の高杉浩子である。住人会議のときも蓮っ葉に構え、物事を茶化すようなところがあった。年齢は四十歳とのことだが、彼は今まで彼女みたいなタイプの熟女と接したことがなかったのだ。

孝宏は内心ビクビクしながらインターホンを鳴らした。

だが、なかなか応じる気配がない。留守なのだろうか。そう思って立ち去りかけたとき、ふいに玄関ドアが開かれた。

「やぁだ、誰かと思ったら。二階のイケメンくんじゃない」

「あ……どうも」

意表を突かれた孝宏はドギマギしてしまう。しかし、ドギマギしたのはタイミングのせいばかりではなかった。玄関前に現れた浩子が、肌もあらわなキャミソール姿だったからだ。

「どうしたの。ハトが豆鉄砲を食らったみたいな顔をして」

「いえ、その……あれです。会議で決まったパトロールをしていましてして」

孝宏は答えながらも、目のやり場に困っていた。キャミソールの肩紐はだらしなく垂れ下がり、人妻はほとんど乳房の際まで見せていたのだ。

だが、本人はまったく気にしていない様子だった。

「ああ、そうか。例のあれね。なら、お上がりなさいよ」

「え。いや、しかし、今日は様子を確認するだけですから」

突然部屋に上がるよう勧められ、焦った孝宏は固辞しようとする。

すると、浩子はドアに片肘をついた姿勢で、青年を面白そうに見つめる。

「そんなに遠慮しなくてもいいじゃない。ね、ちょっと上がっていったら」

「はあ」

「んじゃ、決まり。ほらほら早く。ここじゃ隣近所にご迷惑だから」

隣近所と言っても、三〇二号室の葉月だけなのだから、迷惑というには当たるまい。

しかし、浩子の強引な勧めで結局家に上がることになった。

「お邪魔します」

靴を脱いだ孝宏は、先に立つ浩子を見て驚いた。なんと彼女はキャミソールのほかは下着しか身に着けていなかったのだ。ずいぶん丈の短いワンピースだと思ったが、そうではなかった。キャミソールは一応腰回りまで隠しているが、実際はワンピースではなくトップスなのだろう。透け感のある生地が腰にまといつくと、パンティラインがはっきり見える。ボリュームのある尻であった。

だが、浩子は気にする様子もなく、客をリビングへ招じる。

「どうぞ。散らかっているけど」

「失礼します――」

部屋に踏み入れた孝宏は、今度は呆気にとられてしまった。なるほど散らかっている。床には洗濯物が畳まれもせずに積み重ねられ、テーブルにも酎ハイの空き缶やつまみの入った袋などが放置されたままなのだ。

同じ主婦でも、こうも違うものなのか。彼は自ずと文華の部屋と比べてしまう。浩子の性格のだらしなさが、服装にも表われているようだった。

「適当に座って。今、ちょうどいいところだったのよ」

浩子は言いながらソファに腰を下ろす。そこが定位置なのだろう、座面の生地がとくに傷んでいるのが見える。

だが、孝宏はとまどってしまう。浩子が三人掛けソファの真ん中に座っているため、彼女のすぐ隣しか空いていないのだ。

しばし逡巡したあと、結局彼は人妻からなるべく離れるように腰掛けた。

かたや浩子は客人をもてなすでもなく、テーブルに放り投げられていたスポーツ新聞と赤鉛筆を手に取って言う。

「明日の一レースなんだけどさ、大穴を狙うか迷っているのよね」

どうやら競馬の予想をしていたらしい。「ちょうどいいところ」というのは、予想に夢中で佳境に差しかかっているという意味だった。

しかし、孝宏は競馬に興味がなかった。

「はあ……。僕はあまりやらないものですから」

「ふうん。最近の若い男の子って、そういうものかしらね」

浩子は新聞に目を落としたまま呟く。剝き出しの二の腕がむっちりと白い。

手持ち無沙汰の孝宏は、何の気なしに訊ねた。

「ご主人もお好きなんですか?」

すると、浩子はふいに顔を上げてこちらを向いた。

「全然。ギャンブルの類いは一切やらないの」

「はあ」

話によると、浩子の夫は真面目なサラリーマンで、パチンコすらやったことがないという。結婚するまで妻のギャンブル好きも知らず、家にスポーツ新聞を見つけただけで小言が始まるというのだった。

「自分がやらない分にはいいけどさ。あたしにまで『競馬禁止』だなんて、ちょっと横暴だと思わない？」

「はあ。まあ……」

孝宏は曖昧に答える。彼には夫の気持ちがわかるような気がした。たしなむくらいならいいが、賭け事に夢中で家事が疎かになるようでは主婦失格というものだ。

要するに、彼女はうるさい夫が出張で留守なのをいいことに、禁じられていた競馬を楽しんでいたというわけだ。まさに鬼の居ぬ間に、というやつである。

テレビは点けっぱなしだった。競馬に興味のない孝宏は放置され、ほかにすることもないので、テレビの画面をボンヤリと眺めていた。

(俺は何をやっているんだろう)

他人の家に上がりこみ、予想に夢中な人妻を横にしてすることもない。しかし、そもそも彼を招き入れたのは浩子であった。主婦ならば、客にお茶くらいは出してもいいはずではないか。

それでも彼が席を立たなかったのは、四十路妻が醸し出している、生々しい魅力のせいであった。浩子は家庭の主婦としては失格でも、女としては色気たっぷりなのだ。

彼女の夫も、おそらくこの色香に惑わされたのだろう。

「二枠から流すか、それとも……うーん」

浩子は予想に没頭するにつれ、太腿に肘を突き、ますます前屈みになっていった。おかげでキャミソールの胸元から、たゆたう双丘が顔を覗かせていた。一方、支える脚は徐々に角度を広げていき、裾からデルタ地帯が見え隠れするのだった。

「ごくり——」

思わず孝宏は生唾を飲む。テレビを眺めるフリをしながら、チラチラと熟女の肢体を横目で盗み見ずにはいられない。

すると、浩子が俯いたまま言った。

「いやらしいこと、考えてるでしょ」

「え……」

図星を突かれ、孝宏は心臓が止まりそうになった。人妻は予想に夢中になりながらも、しっかり彼の視線を感じとっていたのだ。

青年が返事できずにいると、浩子は新聞から顔を上げた。

「こんなオバサンの体でも、エッチなことを考えてくれるんだ」

その瞳は熱を帯び、表情には含むようなところがあった。

どうしよう。孝宏は焦りながら言葉を探す。何か言い訳すべきなのだろうが、下手なことを口にして、彼女の機嫌を損ねたくはない。

「すみません。高杉さんがその――あまり熱心なもので」

明らかに嘘とわかる稚拙（ちせつ）な弁解だ。否、弁解にすらなっていなかった。

しかし、浩子はそれを聞き流し、グッと体をそば寄せてきた。

「ねえ、賭けてみない？」

薄笑いを浮かべる熟女の顔が近くにあった。キャミソールの裾はすっかりまくれ、薄紫色の下着が丸見えだ。

孝宏は喉（のど）の渇きを覚えながら聞き返す。

「と、言いますと……？」

「どっちが早くイクか、試してみましょうよ」

人妻の手が彼の股間に伸び、スウェットの上から肉塊を揉みほぐしはじめた。

「うぐ……。た、高杉さん、何を――」

「ほら、あなたもあたしのを触って」

動揺で思考の働かない孝宏にも、彼女が何をしようとしているのかくらいはわかる。文字通り、どちらが早く果てるか競争しようというのだ。いくら賭け事好きでも、これは異常だった。あるいは、彼女がだらしない恰好をしていたのも、最初からそれが狙いだったのかと疑われるほどだ。

しかし、理性より肉体が反応するほうが早かった。

「もう硬くなってきた」

「ふうっ、ふうっ」

「可愛い顔しちゃって。ねえ、これじゃあ勝負にならないわ。ほら」

浩子は言うと、強引に彼の手を自分の股間へ引き寄せた。

孝宏の手が、ぷっくりした熟女の土手の感触をとらえる。

「んっ。上手……もっと触って」

「ふうっ、ふうっ」

パンティ越しにも割れ目の形がはっきりとわかる。孝宏の指がいやらしい溝に埋もれていた。クロッチ部分は心なしか湿っているようだ。

やがて浩子は飽き足らなくなったのか、パンツの中に手を突っこんできた。

肉棒を握られる感触に孝宏は呻く。

「うっ……。たつ、高杉さんっ……」

「浩子でいいのよ。あんっ、孝ちゃんも直接触ってぇ」

浩子は上気した顔で催促し、太竿を扱く。やがて硬直は狭苦しさに耐えきれなくなったのだろう。スウェットを押し退けるようにぴょこんと飛び出し、充血した肉傘が顔を覗かせた。

「うはあっ、ううっ……」

「ああん、可愛いオチ×チン。いっぱい気持ちよくしちゃうから」

熟妻の淫らな息遣いに、やがて孝宏も白旗を揚げ、パンティの際から手を突っこんだ。

「んああっ、イイッ」

ぬちゃっとした感触が手に伝わってくる。浩子の割れ目はすでに洪水だった。彼の指はぬめりと肉襞をかき回した。

「浩子さんっ……。ハアッ、ハアッ」

「うふうっ。いいわ。もっとクチュクチュして」

ソファの男女は互いに相手の性器を慰めあっていた。もはやアクメを賭けていることなど忘れ、悦楽を分けあう喜びに浸っていた。

「ハアッ、ハアッ。ああ、浩子さんそんなに強く」

「んんっ、あふうっ。だって、孝ちゃんが上手なんだもん」

浩子はしだいに甘え声になり、盛んに身を捩り、太腿を締めつけては腰を浮かせるようにした。

おのずと肉棒を扱く手にも力がこもる。

「うはあっ、くっ……。このままいったら、俺――」

肉傘は透明の先走り汁を噴きこぼしている。孝宏は身を反らし、陰嚢の裏から突き上げてくるものを感じていた。

しかし、浩子の昂ぶりはそれ以上だった。

「あひぃっ、ダメ……。イッちゃう。ああん、クリを弄って」

盛んに息を喘がせながら身悶え、座面から腰を浮かせていく。

「あんっ、イイッ。イクう、イッちゃううっ」

「ひっ、浩子さん。俺も」

「イッて……んあああーっ、ダメえっ。イイイイーッ！」

「ううっ、出るっ」

ほんの鼻差で浩子が先に絶頂した。最後はほとんどブリッジするように背中を反らし、床に踏ん張ってめくるめくアクメに身を委ねる。

「んああっ、イイイッ！」

そして、もう一度息を喘がせると、精根尽き果てたかのごとく脱力し、再びソファに身を預けたのだった。

一方、孝宏もスウェットを白濁塗れにしたまま、絶頂の余韻に浸っていた。

「ハアッ、ハアッ、ハアッ、ハアッ」

「ああ、よかったわ」

キャミ姿の人妻は満足そうだった。自分から競争を持ちかけた割に、彼女はイキやすい体質らしい。無造作に投げ出された太腿は、パンティの裾から自らのこぼれた愛液で濡れ輝いていた。

三〇一号室のリビングでは、下半身を晒した男女が息を整えていた。

「あたしの負けね」

浩子は潔く敗北を認め、しどけなく肩に寄りかかってくる。

一方の孝宏は、まだ射精の興奮が冷めやらない。

「はあ……。でも、僕もイッちゃいましたし」

勝ち負けなどどうでもいい。賭けをしていたことすら忘れていた。そもそも誘惑されるままに相互手淫に至ったわけで、すべては浩子の主導であった。

しかし、ギャンブル好きの熟妻はこだわりを見せた。

「負けは負けよ。清算させてもらうわ」

彼女は言うと、おもむろに立ち上がる。するとキャミソールの裾が下がり、湿りを帯びたパンティを覆い隠してしまった。

だが、残念に思う必要はなかった。

「ああ……」

孝宏が見つめる前で、浩子は自らキャミを脱ぎはじめたのだ。肩紐を外側にずらし、すとんと落とすだけでよかった。むっちりとした白い肌にブラジャーとパンティが食い込んでいる。

「よく見ていてね」

男の視線を意識しながら、浩子はさらにブラジャーにも手をかけた。

これが負けの支払いということだろうか。孝宏は股間を熱くしながらも、ぼんやりと考えていた。あるいは、勝ち負けいずれにせよ、浩子は最初からこうするつもりだったのかもしれない。

「あー、スッキリした」

そう言っている間にも、彼女はブラを外してしまう。

解放された乳房はぶるるんと揺れ、乳首をピンと勃たせていた。熟妻は恥ずかしそうに両腕で抱えこむが、彼を見つめる目は熱を帯びている。

息を呑んで見守る孝宏。視線の先にはパンティがあった。

「こっちも……オマ×コも見てくれる？」

浩子は言うと、両手で腰を挟むようにしてパンティを下ろしていく。

四十路妻の黒々とした恥毛の先は濡れて束になっていた。

「すごい……」

「ねえ、あたしばっかりズルいわ。孝ちゃんも脱いで」

すっかり全裸になった浩子に言われては、孝宏も逆らう気にはなれない。

「は、はい」

彼は頷くと、胸を高鳴らせつつ服を脱いでいった。手マンで終わるわけもなかったのだ。浩子は明らかに欲情しており、彼も同じだった。

「もう少しおっきしてたほうがいいわね」

晒された逸物を見て、浩子は言うと、ひざまずいて肉棒を咥えてきた。

快楽が孝宏を襲う。

「おううっ」

「孝ちゃんのオチ×チン、食べたかったわ」

そんなことを口走りながら、浩子は夢中で太竿をしゃぶった。

「じゅるっ、じゅぷぷっ、じゅぽっ」

「ハアッ、ハアッ」

股間で人妻の頭が蠢(うごめ)いている。ソファに座ったままで受ける口舌奉仕は贅沢な気分を味わわせてくれた。四十路妻の醸し出す色香は、一種の危うさがあった。賭け事のスリルで興奮するのと同様に、深入りすると危険が待ち受けているという予感がたまらないのだ。

「美味しい。もう止まんないわ」

浩子自身も息を荒らげ、夢中で肉棒をねぶっていた。顔を横にして舌を伸ばし、裏筋を根元から舐めあげてみたり、あるいは竿裏に顔を埋め、皺(しわ)袋を口に含んで玉を転がしたりするのだった。

「ハァ、ハァ、ハァ」

「んぐちゅ。じゅぷっ、じゅぷぷぷっ」

気づけば、肉棒は反り返っていた。唾液に塗(ぬ)れた竿肌には青筋が浮かんでいる。先走り汁はとめどなく溢れていた。

「ぷはぁっ――もういいみたいね」

浩子は反り具合に納得すると、おもむろに彼の膝に乗っかってくる。

息のかかる距離に淫蕩な熟妻の顔があった。

「浩子さん――」

「すごく硬いの。久しぶり」

逆手に肉棒を握り締め、彼女はゆっくりと腰を落としていく。

「あふうっ」

「おうっ」

ぬぷりと音をたて、蜜壺が硬直を包みこんだ。その瞬間、二人の口からため息が漏れた。

尻を据えた浩子は、うっとりとした表情を浮かべている。

「これよ、これ。この満たされる感じ」

「浩子さんの中、あったかいです」

無意識に孝宏が言うと、熟女はうれしそうな声をあげた。

「まあ、可愛いこと言ってくれるのね」

そうして両手で彼の顔を挟み、湿った唇を重ねてくるのだった。

すぐに浩子の舌が口中に忍び入る。

「れろっ、みちゅ……」

「ほうっ……ベロ……」

孝宏も夢中で舌を吸った。唾液たっぷりのキスだ。たまらず熟妻の体を抱きしめると、白い肌が汗ばんでいるのがわかった。

浩子は盛んに顔の角度を変えては、念入りに青年の口内を貪った。

「ちゅぱっ、ぴちゅるるるっ」

ときに啜りあげるような下品な音をたて、またときには舌先で確かめるように顎の裏や歯をくすぐるのだ。

性行為以外の何ものでもない、情念の籠もった口唇遊戯であった。

「ぷはあっ――」

やがてキスを解くときも、熟妻の舌は唾の糸を引いた。

経験の浅い孝宏などイチコロであった。

「浩子さんって、とってもエッチなんですね」

「そう。エッチなの」

浩子は笑顔で肯定し、ついに尻を持ち上げだした。

「あふうっ」

「おおうっ……」

結合部はぬちゃっと湿った音をたて、愉悦が男女を包んだ。

浩子は一定のリズムでグラインドし始める。

「あんっ、ああんっ。んんっ」

「ハァ、ハァ、ハァ」

蜜壺はしんねりと太竿に巻きついている。決して握りはきつくないが、竿肌を隙間なくみっちりと摑んでいるのだ。

浩子が尻を上下させるたび、孝宏にも快楽が押し寄せてきた。

「うっは。ヤバイ。気持ちよすぎる……」

「気持ちいい？　あたしも──あふうっ、よくなってきちゃった」

「ああ、浩子さん」

「んっふ、んああっ、もっと」

密着感がたまらなかった。対面座位で交わっていると、熟妻の肌からたち上る熱気までが伝わってくるようだった。

「ハアッ、ハアッ」

孝宏は快楽に夢中だった。浩子は最初からこれを欲していたのだ。「絶頂競争」などここへ至る導入でしかなかったわけだ。昨夜の文華といい、一見幸せそうに見える人妻も、意外と欲求不満でいるらしい。

（熟女は最高だな）

新しい発見に目の前が開ける思いだった。また、そうした熟妻たちに自分が求められるタイプなのだというのも、これまで気づかなかったことが悔やまれる。

すると、ふいに浩子が言いだした。

「ねえ、脚をソファに乗っけてくれる？」

どうやら体位を変えたくなったらしい。孝宏が素直に言うとおりにすると、浩子は何やら肘掛けの辺りを弄(いじ)っている。

「これで──よし、と」

彼女がボタンを押すと、ソファの背もたれが倒れ、フラットベッドが現れた。

思わず孝宏が感嘆する。

「へえ、すごいですね」

「いいでしょ、これ。お客さんが来たときとかに便利なの」

浩子は得意げに言うが、この部屋に泊まり客が来るとは考えにくい。ソファベッドを買ったはいいが、あるいは今回初めて役に立つのかもしれない。

舞台が整ったところで、改めて浩子が上に乗ってくる。

「今日はいい日になりそうな予感がしていたのよ」

などと言いながら、濡れそぼった割れ目に硬直を埋もれさせていく。

包みこまれる悦びに、孝宏は呻き声をあげた。

「うはあっ……」

「うふうっ、いいわ」

四十路妻は感触を確かめるように、媚肉を擦りつけてきた。

溢れるぬめりが湿った音をたてる。

「ううう……」

仰向けの孝宏はむっちりした太腿に手を這わした。

その手の上に浩子の手が重なる。

「孝ちゃん、エッチな顔してるわ。こんなオバサンでも感じてくれるのね」

「まさか。オバサンだなんて……。浩子さんは、すごく色っぽいです」

彼が慌てて否定すると、浩子はうれしそうな声をあげた。

「優しいのね。孝ちゃんって、本当にいい男だわ」

「浩子さんもいい女です」

劣情に任せ、孝宏は言葉を返す。普段なら決して口にしない、歯の浮くような台詞も不思議と素直に言えた。

結局そういったやりとりも、互いの欲望を煽(あお)る愛撫の一環だったのである。

「素敵よ――」

浩子は言うと、腰を上下させはじめた。

「あんっ、ああっ、イイッ」

「ハァ、ハァ、ううう……」

割れ目は先ほどまでよりも、大量のジュースを噴きこぼしていた。濡れそぼった媚肉が太竿を舐め、ぬちゃくちゃといやらしい音を鳴らす。

「んああっ、いいわ。奥まで届いてる」

「俺も……ぐふうっ。浩子さんのオマ×コ、気持ちいいです」

「ああん、いやらしい子。オマ×コだなんて」

浩子は彼の言った淫語を繰り返すと、一層激しくグラインドさせはじめた。

「あふうっ、んっ……。あああっ、感じるぅ」

「うはあっ、浩子さん――」

人妻の肉襞が太竿をねぶる。蜜壺は肉棒を咥えこみ、たぐり寄せ、双方に快楽を呼び覚ました。

「ハアッ、ハアッ」

孝宏は仰向けに寝ているだけでよかった。熟妻のたしかな重みを感じながら、息を切らし愉悦に咽ぶのだった。

やがて浩子に変化が現れる。

「んああ……最高」

彼女は口走りつつ、徐々に後ろ側へと倒れていく。最初は直立する姿勢だったのが、ゆっくりと背中のほうへと上体を反らしていったのだ。

「浩子さん……」

快楽の最中だったが、孝宏は一瞬不安を覚える。熟妻は膝を折ったままであり、かなり無理な姿勢になりつつあったのだ。

しかし、それは杞憂に終わった。四十路といえど、浩子は女らしい柔軟な体の持ち主だったのである。

「あふうっ」

女体のアーチが角度の限界を迎えたとき、ついに浩子は後ろ手をついた。それとともに折っていた膝を伸ばし、楽な体勢をとったのだ。

気づくと男女は仰向けで、Y字が反対向きに重なる体位になっていた。

「ぐふうっ……」

勃起した肉棒が下向きに押しつけられ、孝宏は思わず呻き声をあげる。

苦悶の表情を浮かべる彼に対し、足下の浩子は悦びを口にした。

「ああん、こうするとすごくいいの」

そう言って、割れ目をぐちゅぐちゅと押しつけてくるのだ。

孝宏にとって、こんな大胆な体位は初めてだった。彼はどちらかと言えば、密着する形が好みだった。しかし、今触れ合っているのは、ほとんど性器だけなのだ。

「ふうっ、ふうっ」

彼は息を切らし、耐えていた。無理に肉棒を押さえつけられているせいだ。

だが、浩子は構わず腰を振ってきた。

「あっふ。あんっ、んんっ、イイッ」

胸を迫り上げるようにし、腰から下だけを蠢かすのだ。重たげにたわんだ乳房が揺れていた。そうしながらも彼女の目は彼を見つめていた。

「ねえ、見て。孝ちゃんのオチ×ポが、あたしのに出たり入ったりしているわ」

えた。

言われて孝宏が股間に目をやると、割れ目を肉棒が出入りする様子がはっきりと窺(うかが)

「ああ……本当だ」

「ほら、すごいの」

浩子は言い、わざとゆっくり腰を動かしてみせる。

すると、太竿を咥えこんだ花弁が伸び縮みするのまでわかった。

「本当だ。こんないやらしいものを見たの、初めてです」

「ね？　あたしのビラビラが、孝ちゃんの太いのをしゃぶっているの」

「うう……浩子さん」

いつしか肉棒の重苦しさも忘れていた。こんなふうに正面から結合部を観察するのは初めてだ。この体位でなければ、決して叶(かな)わないことであった。

一方、浩子もまた愉悦のピークへ向かって邁進(まいしん)していた。

「あんっ、んああっ、オチ×ポ、イイッ」

座面についた手足を支点として、尻を滅茶苦茶に振りたててきたのだ。

孝宏はたまらない。

「うあっ、ヤバ……浩子さんっ」

「イイッ、イイイッ。あたし、もうイッちゃいそう」

「俺も……ハアッ、ハアッ」

「孝ちゃんもイッて。あたしもう――」

浩子は息を切らしながらも、夢中で媚肉を押しつけてくる。

肉棒はうれしい悲鳴をあげた。

「ぐはあっ、ダメだ。もう……」

「んああっ、イクッ。もう……はひいっ、ダメえっ」

グラインドの速度が上がる。牝汁に塗れた媚肉は蕩けるような快感で肉棒に射精を促してくる。

孝宏の頭は真っ白になった。

「うはっ、出るっ！」

凄まじい快楽とともに、白濁が膣内に迸った。

それと相前後して浩子も絶頂に至った。

「んあああっ、イイイイーッ！　イッちゃううううっ」

絞るような喘ぎ声をあげ、ぐっと四肢を踏ん張ってきたのだ。汗ばんだ熟妻の肉体がわななくように震える。

「あっふ……んんんっ、んんっ」

そしてさらにもう一度息んだかと思うと、徐々にグラインドを収めていくのだった。

「ハアッ、ハアッ、ハアッ、ハアッ」

「ひいっ、ふうっ、ひいっ、ふうっ」

同時絶頂の凄まじさに、しばらくは二人とも身動きできなかった。純粋な欲望に任せたセックスであった。孝宏は何も考えられなかった。

先に立ち直ったのは浩子であった。

「ふうっ、ふう……っ。イッちゃった」

彼女は言いながら、ゆっくりと腰を引いていく。

「あっ」

「うっ」

肉棒が抜け落ちる瞬間、敏感になった男女は同時に呻いた。股間はどちらも白濁に塗れ、欲望の匂いを周囲に放っているのだった。

ひと息つくと、浩子は客に何も振る舞っていなかったのを思い出したらしい。

「お腹減ったでしょう？　お寿司でもとりましょうか」

お互い全裸のままだった。まだ興奮冷めやらぬ孝宏は曖昧に答える。

「ええ……あ、いえ。そんなことまでしてもらわなくても――」

「遠慮しているのね」

「そういうわけでもありませんが……」

彼が防犯係を引き受けたとき、その見返りに各家庭で夕食を振る舞うことになってはいるものの、さすがに寿司の出前までとらせるのは気が引けた。

しかし、すでに浩子はスマホを手にしていた。

「いいのよ。どうせ今日は頼むつもりだったんだから」

彼女いわく、競馬など勝負事をする前日には、験を担いで毎回寿司を食べることに決まっているというのだ。

そういうことなら孝宏も頑なに拒む理由はない。彼が提案を受け入れると、浩子は近所の寿司店に「特上握り」を二人前頼んだのだった。

およそ三十分後、インターホンが鳴った。

「はーい。どうぞ」

応じた浩子はオートロックを開け、床に散らばっていたパンティとキャミソールを急いで身に着ける。そしてタンスから財布を出すと、そのままの恰好で玄関へと向かったのであった。

リビングに残された孝宏は唖然とする。キャミ姿の時点で扇情的だというのに、さらに熟妻はノーブラのまま出迎えようというのだ。少しの明かりがあれば、透けて乳房は丸見えである。

ところが、なぜか浩子はなかなか戻ってこない。出前を受け取るだけのはずにしては長くかかっていた。リビングの扉は開いていたため、玄関から何やらコソコソと話す声が漏れ聞こえていた。

（どうしたのかな……）

孝宏は不思議に思い、耳を澄ませた。そのとき彼はまだ全裸だったが、他人の存在が意識され、何となくパンツを穿いていた。

「ごめんね。そういったわけで、今日は先約があるのよ」

「そっか。残念だなあ」

姿は見えないが、出前の男の声は若かった。その上いくら常連客相手にしろ、ずいぶんと馴れ馴れしいように感じる。

「でも、まあしょうがないか。それに最近、親方から『出前の帰りが遅い』なんて言われていたし」

「また今度ね」

盗み聞きする孝宏にも、ようやく事情が飲み込めてきた。おそらく浩子はギャンブルの前日、寿司を注文するだけでなく、出前の青年とセックスするのもお決まりなのだ。つくづく淫乱な人妻であった。すでに交わっていなければ、孝宏もそこまで思い至らなかっただろう。

「お待たせ」

やがて浩子が寿司桶を持って戻ってきた。

孝宏は何も気づかなかったふうを装う。

「すみません。こんな高いものをご馳走になって」

「若いのに遠慮なんかしないの。さ、食べましょう」

寿司はローテーブルに置かれ、二人は床に座って食べはじめた。

「うわ、美味い。さすが特上ですね」

「でしょう？　ここの店、結構イケるのよ」

浩子は自分の手柄のように言う。孝宏が言ったのは本音からだが、内心では熟妻と出前青年との度重なる逢瀬を想像せずにはいられなかった。

そうして二人が食べていると、ふいに浩子のスマホが鳴った。

「やだ、旦那からだわ。何よ、人が食べてる最中に」

彼女はぶつくさ言いながらも、スマホを取って電話に出る。

「今、ご飯を食べているところよ。何？」

開口一番、浩子は不機嫌な声で言った。

長年連れ添った夫婦とはこんなものだろうか。孝宏は寿司をつまみながらも、ふと思う。

「わかってるわよ。大丈夫だって、家でおとなしくしているから」

おそらく夫は、妻がまたギャンブルしていないか心配しているようだ。彼女はぞんざいに答えながら、孝宏に向かって悪戯（いたずら）っぽくウインクしてみせた。

浩子はすぐに電話を切りたがっていたが、夫は確信が持てないのか、なかなか話を切り上げようとしなかった。

孝宏は気が気ではない。何しろたった今、彼女と交わったばかりなのだ。電話の向こうとはいえ、いやが上にも夫の存在を意識させられ、罪悪感を覚える。

一方、浩子は気楽なものだった。ソファベッドに寄りかかり、夫の小言に生返事しながら、平気で寿司をつまんでいる。

「まったく。あなたもよく毎度同じことを言えるわね」

そんなことを言いながら、熟妻はおもむろに孝宏の股間に手を伸ばしてきた。

「うっ……」

ふいを突かれた孝宏は呻く。一瞬、何が起きたかわからなかった。

しかし、浩子はスマホ片手に彼を見つめ、パンツの中に手を突っこんで、直接肉棒を扱きはじめた。

「はいはい。わかってますよ」

「ふうっ、ふうっ」

孝宏は懸命に息を殺そうとする。絶対に声は出せない。ギャンブル好きの熟妻は、こんなふうにしてリスクを愉しんでいるらしい。

しかし、それで終わりではなかった。

「そう言うあなたこそどうなのよ。ちゃんと仕事はしているの」

始めたときと同じように、彼女はふいに手扱きをやめると、その手でパンティを脱ぎだした。

「へえ、そうなの。よかったじゃない」

そして膝を立て、股を開くと、孝宏の顔と自分の秘部に視線を送る。

どういう意味だろう？　彼が胸を高鳴らせつつもとまどっていると、浩子は口の形で「舐めて」と訴えかけてきたのだ。

(旦那と通話中に――嘘だろ!?)

手扱きは甘んじて受け入れたものの、さすがにこれはためらわれた。

だが、浩子は執拗（しつよう）だった。彼が躊躇（ちゅうちょ）しているのを見ると、さらに股を大きく開き、指で自らの媚肉を寛（くつろ）げて挑発してくる。

「ごくり――」

目の前にヌラヌラと濡れ光る粘膜があった。孝宏は股間が重苦しくなるのを感じ、花の蜜に惹（ひ）かれる蝶のように四十路妻の股間に顔を近づけていく。

すると浩子は、手で彼の頭を自分の股間に押しつけてきた。

「はむっ……レロ」

牝臭に包まれ、孝宏は無意識のうちに舌を這わす。花弁はすでに充血し、肉芽の包皮も剝けていた。

「ちゅばっ、んむう」

「んあっ……」

思わず浩子は高い声をあげてしまう。クンニする孝宏はヒヤリとする。だが、彼女は何事もなかったように言葉を続けた。

「あー、そうそう。お土産忘れないでね。うなぎパイ」

急に思い出したふうを装うことで、上手く誤魔化したのだ。臨機応変に話をつなげるところなど、かなり手慣れた様子である。

熟妻の手管(てくだ)に感心した孝宏は、いつしか怯懦(きょうだ)を忘れ、夢中で媚肉を貪っていた。

「びちゅるっ、ちゅばっ」

「ん……そうね。ご近所にも配りたいから、六箱くらいお願いね」

「レロレロレロッ、じゅるるっ」

ジュースはとめどなく溢れ、孝宏は顔中水浸しにしながら舌を働かせる。心の奥底では罪悪感を覚えながらも、下半身は熱く滾(たぎ)っていた。これが人妻を寝取る歓びなのだろうか。

かたや浩子も、しだいに息が上がっていく。

「あっ……うん。わかった。クリーニングね」

「はむ……ちゅばっ、るろっ」

「わかってる。あんっ……ううん、何でもない。テレビの音よ」

声は必死に平静を装いつつ、彼女の顔は上気していた。幾度となく腰を浮かせ、股間にいる青年の頭を一層押しつけようとする。

「ちゅぱっ、むふうっ。レロちゅぱっ」

「ひっ……。もういいわ。あなたも早く寝てちょうだい」

彼の懸命な口舌奉仕に、さすがの浩子も誤魔化しきれなくなってきたようだ。喘ぎ声が漏れるのを抑えきれず、通話を切り上げようとした。

「ちゅるるるっ、ふうっ。浩子さん……」

孝宏は肉芽を吸いながら、くぐもった声で彼女の名を呼ぶ。熟妻のあくどい淫欲に染められ、いつしか彼もこの危険な遊戯を愉しんでいた。

「ああ……、うん。じゃあね、おやすみなさい」

もはや限界だったのだろう。最後は彼女からそそくさと話を終わらせ、まだ何か言っている夫との通話を切ってしまった。

孝宏は、彼女が電話を切ってもまだ舐め続けていた。

たまらず浩子は手にしたスマホを放りだす。

「ああん、もう孝ちゃんったら——」

「はむ……みちゅっ」

感に堪えかねたように言うと、彼に顔を上げさせて唇を押しつけてきた。

「ちゅばっ……ああ、浩子さん」

「いやらしい子ね。今にも本気の声が出てしまいそうだったわ」

熟妻は舌をねじ入れながら詰るように言う。しかし、電話中に秘部を舐めるよう促したのは彼女自身であった。

孝宏も興奮に駆られつつ言った。

「浩子さんは、こんなことをいつもやっているんですか?」

「あんっ。バカね、いつもなわけないじゃない」

たしなめるように言う浩子だが、とても真実とは思えない。先ほど来た寿司店の出前青年と同じことをしているに決まっている。

要するに、彼女は淫乱だった。いつバレるかとヒヤヒヤしながら愛欲に耽るのが大好きなのだ。

「ああっ、もう辛抱たまらない——」

浩子は喘ぎながら逸物を握ってくる。肉棒はすでにいきり立っていた。

「浩子さんっ」

劣情に駆られた孝宏は、彼女をそのまま床に押し倒した。脚の間に割って入り、割れ目を探ると、指にぬるりとした感触が伝わってくる。

「きて。欲しいの」

「俺も……はううっ」

勢いのまま硬直を挿入する。孝宏の背筋に快い戦慄が走った。

仰向けの浩子も悦びに声を震わせる。

「あはあっ、オチ×ポきた……」

住人会議で見せていた、どこか自堕落な態度は、斜に構え、世を拗ねているわけではなく、ひとえに彼女の下半身のだらしなさが表に現れていたのだった。ギャンブルと不倫の背徳感に全身を冒された四十路妻はいやらしかった。

こんな興奮は初めてだ。孝宏は正常位で腰を穿つ。

「ハアッ、ハアッ、おおっ……」

「んあっ、イイッ、ああん」

蜜壺は、ぬぽくぽと湿った音をたてる。肥大した花弁が太竿を咥え、熟妻の脂の乗った肉体が波打っていた。

「すんごぉぉい、奥に当たってるの」

「うはあっ、気持ちよすぎます」

「あたしも——ねえ、もっと突いてぇ」

電話中に抑えていた欲望が一気に解き放たれたようだった。彼女の喘ぎ声は大きく、孝宏のほうがヒヤヒヤするほどだ。窓は閉じられていたが、鉄筋の厚い壁をも越えて、隣近所にまで聞こえてしまいそうだった。

孝宏の興奮もひとかたならず、夢中で抽送を繰りだした。

「ハアッ、ハアッ、ハアッ、ハアッ」

「んっふ、んんっ、あはあっ」

粘膜同士が擦れ合い、愉悦のハーモニーを奏でる。

二十五歳の彼からすれば、四十歳というのは社会的にも責任があってしかるべき年齢であった。もっと分別があってもいいはずなのだ。しかし、浩子は人妻であるにもかかわらず、理性を働かせるどころか、ただひたすらに欲望に忠実であった。

「孝ちゃん、きて。キスして」

荒い息を吐きながら、浩子は諸手を差し伸べてキスをねだった。

孝宏は応じ、身を屈めて唇を重ねる。

「ちゅぼっ、レロ……いやらしい浩子さん」

「あなたも——うふうっ。エッチな男の子は好きよ」

浩子は両手で彼の顔を捕まえ、夢中で舌を貪っていた。同時に下から腰を突き上げるようにして、さらに愉悦を高めようとした。

「ちゅぱっ、むふうっ」

唾液を啜る孝宏の呼吸は荒い。胸に押しつけられた熟妻の双丘が柔らかかった。

「ぷはあっ、浩子さんのオッパイ」

たまらず上げた顔を今度は乳房に埋める。

「やらかいオッパイ。いやらしい」

背中を丸めた苦しい姿勢だったが、彼は夢中で熟れた膨らみを頬張った。舌で転がす乳首は硬くしこっている。

「ああん、イイッ。孝ちゃんっ」

「んぱっ、ちゅぱっ」

「イイッ、んっ……んああ、イッちゃう」

「レロレロッ、ちゅぽっ」

挿入した肉棒が、蜜壺の震えを感じとったようだった。それでも孝宏は抽送をやめず、乳房も貪り続けた。

「はひっ、ダメ。もう……イクッ！」

ビクンと震えた浩子は喘ぎ、全身をこわばらせる。目を閉じて、眉を悩ましく寄せながら、さらに二度三度と肉体を波打たせたのだ。

だが、劣情に駆られた孝宏は気づかない。腰の振りは疎かになっていたが、乳首は相変わらず吸っていた。

「ちゅばっ、んばっ」

「ねえ、待って――」

どうやら彼女はイッたようだった。快楽から逃れようとでもするように盛んに身を捩らせ、一旦とどまるように訴えるが、その声は掠れ、本気でやめさせようとしているようには思えない。

しかし、孝宏は乳房から顔を上げた。

「ぷはあっ――。ハアッ、ハアッ」

彼女の訴えに耳を貸したわけではない。むしろ本腰を入れて抽送すべく、態勢を整えたのだ。

男を見上げる浩子の目は虚ろだった。

「あああ……素敵よ、孝ちゃん」

「浩子さん。俺――」

「いいのよ。あなたのしたいようにして」

「浩子さんっ」

許しを得た孝宏は、彼女の太腿を抱え、本能のまま腰を振りだした。

「ハアッ、ハアッ、ハアッ」

「あんっ、あんっ、あああん」

青筋立てた肉棒が、濡れた花弁に突き刺さる。淫ら妻の媚肉はみっちりと太竿を包み、無数の襞がくすぐった。

「ハアッ、ハアッ、ハアッ、ハアッ」

孝宏は太腿を抱えた手を滑らせ、たっぷりした熟妻の尻たぼをわし摑みにする。

とたんに浩子はいなないた。

「あはあっ、いいわ。あたしまたイキそぉ……」

「俺も……ハアッ。もう出ちゃいそうです」

「いいのよ。出して」

「イキますよ、本当に。ううっ」

「中に出して。孝ちゃんのをいっぱいちょうだい」

「うはあっ、ダメだ。もうイク」

「はひいっ、激しい……あたしまた──」

孝宏は腰も砕けよとばかりにラストスパートをかける。

「うわぁぁあっ、イキますよ。出ますよ」

「あたしもイクッ、イッちゃううううっ」

「うはあっ、出るっ！」

「イイイイーッ！」

浩子が仰け反ると同時に蜜壺は収縮し、たまらず彼は射精した。

「ううううっ」

「んああっ」

大量の白濁が注ぎこまれ、熟妻もまたアクメに達した。四十路の肌は汗を浮かべ、うなじを上気させていた。

「うう……」

そして孝宏は最後のひと振りを終え、ゆっくりと熟妻の上に重なった。

「ハアッ、ハアッ、ハアッ、ハアッ」

「んああ……よかったわ。二回もイッちゃった」

浩子は満足そうに言うと、感謝の印にキスをしてきた。やがて彼が退いたあとの割れ目から、泡立つ白濁がどろりと溢れ出るのも淫靡であった。

事を終えたのち、孝宏は黙って三〇一号室を後にした。激しいセックスに満ち足りた浩子は、そのままソファで寝入ってしまったのだ。わざわざ起こすには忍びなかった。彼は手早く服を着直すと、音をたてぬようそっと玄関ドアを閉めて外に出た。

それにしても凄まじかった。まだ快楽の余韻を嚙みしめながら、孝宏はマンションの内階段を降りていく。

すると二階で、先ほど訪ねた四〇一号室の河上千尋と出くわした。

「こんばんは」

向こうから声をかけられ、孝宏は一瞬ビクッとする。何しろたった今、浩子と交わってきたばかりなのだ。

「あ、こんばんは。お出かけですか？」

「ええ、ちょっとコンビニに。安井さんはパトロール？」

「まあ……はい。そんなところです」

このときの千尋はラフな普段着だったが、アパレル勤めだけあって垢抜けた出で立ちだった。長い髪が美しく肩にかかっている。

「ところで、その――安井さんに相談があるんですけど」

メイクにも隙がなく、見るからに「できる女」といった感じの彼女に切り出され、孝宏はドギマギしてしまう。

「相談、ですか？」

「ええ……。でも、ここではちょっと」

三十路のイケてる人妻が、自分などにいったい何を相談したいというのだろう。孝宏はとまどうが、頼られて悪い気はしない。

「でしたら今日はもう遅いので、明日伺います」

「そうしていただけると助かります」

こうして翌日の訪問を約束し、彼らはそれぞれの部屋に帰った。孝宏は疲れ切っていた。文華、浩子と連日立て続けに二人の人妻とまぐわったのだ。千尋の件は気になるが、今はただぐっすり眠りたかった。

第三夜　千尋／感じたいの

すっかり遅くなってしまった。その日、孝宏は残業を押しつけられて、最寄り駅に着いた時には夜十時近くになっていた。

今夜は千尋の相談に乗る約束だ。駅からの帰り道、彼は義務感に駆られて急ぎ足になるが、いかんせん仕事でクタクタだった。足取りは重い。

(明日に延期してもらうしかないか)

一応、会社から遅くなる旨(むね)のメールは送ったが、千尋は「待っている」という返事を寄越してきた。とはいえ、もうこの時間ではさすがにそれもないだろう。

ところが、マンションに到着したとき彼は意外なものを目にする。一階のカフェバーにいる千尋の姿だ。

「あ……」

すると、彼女も孝宏に気がついた。彼がぺこりと頭を下げると、そそくさと勘定を済ませて店から出てくる。

「安井さん」

「こんばんは。あの……、ずっとここで？」

「ええ。お待ちしていました」

デニムジャケットにロングスカートを合わせた彼女は夜目にも美しかった。しかし、細面(ほそおもて)の顔には気がかりそうな影が差している。

二人は並んでオートロックのエントランスを抜ける。

「すみません。こんな時間になってしまって」

孝宏が遅くなったことを詫びると、千尋は首を左右に振った。

「お仕事ですもの。仕方ないわ」

「ええ」

「それより安井さんこそ平気？　お疲れなんでしょう」

そこはエレベーターの前だった。孝宏は悩む。実際、彼女の言うとおり、彼は疲れ切っていた。しかし、千尋はこんな時間まで彼の帰りを待ち侘びていたのだ。相談というのがどんな内容か知らないが、話を聞くくらいなら疲れていてもできるだろう。

「いいえ、大丈夫です。河上さんさえよろしければ」

すると、千尋は大げさと思えるほどホッと胸を撫で下ろした。

「よかった。ごめんなさいね、無理を言ったりして」

ちょうどそのときエレベーターが来た。彼らは一緒に乗り込んで、千尋の部屋がある四階へと向かう。

四〇一号室が彼女の自宅であった。

「どうぞ。散らかってますけど」

「お邪魔します」

しかし、室内は散らかっているどころか、今まで見たどの部屋よりもきれいだった。職業柄、日頃からお洒落（しゃれ）に着飾っている彼女だが、インテリアも同様にセンスよく整えられている。

「大きな絵ですね」

孝宏は壁に掛けられた絵画を見て感想を言った。現代アートなのだろう。その方面に趣味のない彼には善し悪しはわからないが、高額そうに思える。

だが、千尋は気乗りしない様子で答えた。

「ああ、それ。夫の趣味なんです」

「はあ」

たしか彼女の夫はカリスマ美容師とのことだ。夫婦ともセンスがいいのも頷ける。

リビングに入ると、千尋は言った。

「ジャケット、掛けておきましょうか？」

手を差し出され、脱ぐつもりのなかった孝宏もスーツの上着を脱いで渡す。

「じゃあ、すみませんがお願いします」

「ええ。そちらのテーブルでお掛けになっていて。すぐにお茶を入れますから」

千尋はスーツを受け取り、リビングのハンガーに掛ける。ついでに自分もジャケットを脱いで一緒に吊した。

「今夜は少し冷えるから、温かいお茶にしますね」

彼女は言いながら、カウンターキッチンに入る。デニムジャケットを脱ぐと、その下は肌もあらわなタンクトップ姿であった。剝き出しの二の腕は白く、美しい鎖骨の形もはっきりとわかる。胸の膨らみがいやに生々しく思われた。

「お手数かけます」

孝宏は椅子に腰掛けながら、さりげないふうを装うが、その目はずっと若妻を追っていた。どうやら彼女は着痩せするタイプのようだ。くっきりと浮き出たたわわな実りに胸が高鳴るのを禁じ得ない。

やがて千尋はきゅうすと湯呑みを持ってダイニングに戻ってくる。テーブルを挟んで差し向かいになり、湯気の立つお茶を彼に差し出した。

「夫は若手の研修で地方に出かけているんですよ」

場を繋ぐためか、彼女はそんなことを言いだした。

孝宏は湯呑みを受け取って返事する。

「お忙しいんですね。美容師をされているとか」

「ええ。お互い客商売なものですから、どうしてもすれ違いが多くて」

話によると、千尋は現在三十一歳。夫は八歳年上で、結婚して五年になるらしい。

ともあれ孝宏は疲れていた。本当ならすぐにもベッドで眠りたいところだが、ご近所さんを無下にもできない。世間話もそこそこに本題を切りだした。

「ところで、ご相談というのはどういったことでしょうか？　僕なんかにわかることだといいんですけど」

すると、千尋は一瞬考えこむように俯くが、心を決めたらしく顔を上げた。

「山下さんと寝たでしょう」

「えっ……」

孝宏は絶句する。なぜそんなことを知っているのだろう。否(いな)、よしんば知っていたとしても、どうして今このときに告発しようと考えたのか。

千尋は思い詰めた目で彼を見つめていた。

「否定しなくていいんですよ。その……、一昨日の夜、聞こえてしまったもので」

どうやら彼女は、四〇二号室から漏れ聞こえる文華の喘ぎ声を耳にしていたらしい。

返事のしようもない孝宏は続きを待った。

「あの日の会合の後、ちょうどお風呂に入っていたんです。そうしたら隣からあのときの声が聞こえてきて」

マンションの間取りはバスルームが隣室と接する形だった。おかげでリビングにいるときは隣の生活音が気にならないが、あの日はちょうどタイミングが悪かったようだ。

ここに至っては孝宏も観念するしかなかった。

「ええ、実は……。ただ、たまたまというか、あれ一度きりのことで」

文華から誘惑されたことは黙っていた。そんな言い訳をしたところで、間男をしたことには変わりないからだ。

しかし、彼女は彼の行為を非難しようというのではなかった。

「わかっています。わたしも誰にも言いませんから、そこは気になさらないで」

それを聞いて孝宏は少しホッとする。だとすると、なぜ彼女はそんなことを言いはじめたのだろう。

だが、千尋はなかなか続きを切り出さなかった。両手で湯呑みを弄びながら、何か言いにくそうにモジモジしていたが、ようやく心を決めたように口を開いた。

「わたし、不感症なんです」

深夜の室内が静まりかえる。孝宏はいったん口を開きかけたが、言葉は出てこなかった。動揺がその顔にも表われる。

「ごめんなさい。突然こんなことを言って、驚かせてしまったでしょう」

彼女は言いながら、自身も羞恥に頬を赤らめた。

何か言わなくては。孝宏は冷めかけたお茶を啜りつつ、急いで頭を回転させた。こんな美女に恥をかかせてはならないと思ったのだった。

「い、いいえ。その……まあ、正直驚きはしましたけど」

「そうよね。やっぱりこんなこと、言うべきではなかったんだわ」

人妻の細面の顔に影が差す。かなり思い詰めている様子だった。

孝宏はまだ最初の衝撃に胸を高鳴らせながらも言った。

「そんなことありません。すみません、こちらこそ失礼な態度を取って。僕なんかでよければ、詳しく話してもらえますか？」

「そう言っていただけるの。安井さんは優しいのね」

千尋は大きな瞳を潤ませながら、訥々と事情を語りはじめた。

いわく、彼女の不感症は今に始まったことではないという。独身時代はそれでも何とかやってこれたが、結婚して所帯を持ってからは、しだいに誤魔化しきれなくなってきたそうだ。

「感じたフリをするのにも疲れてしまって。夫もそれに気づいてからは、わたしにあまり触れようともしてこなくなったの」

しかし、彼女は元来男嫌いというわけでもなかった。夫婦の営みが遠ざかった今も、夫のことは愛しているという。

「けど、今のままではわたし……」

話しながら言葉に詰まり、頭を抱えこんでしまう。

孝宏にも、それが深刻な問題であることは伝わってきた。

「それで僕と文華——山下さんとのアレを聞いて」

「ええ。でも、一昨日に限らないの。山下さんの家は夫婦円満なようで、ちょくちょく聞こえてくるものですから、つい羨ましくなって。それで今回の出張でしょう？

ほかに相談できる人もいないもので、この機会に安井さんに話を聞いてもらえないかと思ったんです」

三十一歳という女盛りの彼女が不感症だとは、実に気の毒であった。孝宏は心から同情するが、若く経験が浅いゆえ、なんとアドバイスしていいかわからない。

沈黙が流れた。二人とも、言うべき言葉が見つからなかった。遠くから電車の音が聞こえてくる。時計の針は十時半を過ぎていた。

先に沈黙を破ったのは、やはり千尋のほうだった。

「それで、お願いがあるんですけど」

「ええ。どういったことでしょうか」

「わたしと、その……試してみてもらえません？」

なんと彼女のほうから実践を持ちかけてきたのである。要するに、お試しセックスしようというのだ。

孝宏は全身が痺(しび)れたようになり、身動きできない。しかし、人妻のタンクトップから覗く柔肌はあまりに魅力的だった。こめかみがドクドク鳴っていた。

「僕でよければ——はい」

「本当？　無理していらっしゃらない？」

「とんでもない、むしろ……。ただ、一つだけ僕からもお願いがあります」

「ええ。何でも仰って」

「その、敬語をやめてもらえませんか。僕のほうが年下なんだし、敬語を使われるとすごく距離がある感じがしてしまうので」

「わかりました……ううん、いいわ。そうする」

「よかった」

こうして話は決まり、千尋の案内で二人は寝室へと向かう。

孝宏は期待に胸を膨らませながらも、妙な心持ちだった。不感症を検証するため、こんなふうに人妻とベッドをともにするのは初めてだ。

寝室にはダブルベッドが置かれていた。さほど広くもない部屋のため、ベッドでほとんどいっぱいだ。片隅にはスタンドの間接照明があり、千尋はそれだけを点けると彼のほうへ戻ってきた。

「あまり明るくないほうがいいの。いい？」

「僕は構いませんよ」

目の前に美しい人妻が立っていた。華奢(きゃしゃ)な体にたわわに実った双丘が目立つ。二人は自ずと距離を詰め、そっと唇を重ねた。

「ん……」

目を閉じた千尋から花のような香りがする。遠慮がちなキスだった。心なしか唇が震えているようだ。

「千尋さん――」

もちろん孝宏は興奮している。普通に生活していたら、決して出会えない美女だった。彼は回した手で彼女のタンクトップの裾を絡げ、脱がせていった。

「孝宏くんも」

千尋は言いつつ、彼のワイシャツのボタンを外していく。浅い息を吐いていた。

こうして二人は互いに脱がせ合い、下着だけの姿になっていた。

「きて」

千尋に誘われ、孝宏もベッドに横たわる。

シーツの上に投げ出された三十路妻の肢体は見事であった。まるで絵画のようである。孝宏は半ば身を起こし、彼女のブラジャーを取り去る。

「綺麗ですね……」

こんもりと盛り上がった乳房は、ブラを外しても形が崩れなかった。乳輪の色は淡く、その中心に乳首が遠慮がちに佇んでいる。

「恥ずかしいわ。あんまり見ないで」

千尋は言葉通り、恥ずかしそうに身を捩る。

もちろん孝宏は不感症の人妻と交わったことなどない。そこでまずは型どおり乳房を愛撫するところから始めることにした。

最初は乳房の際から触れ、円を描くようにマッサージする。

「ああ、なんて綺麗な肌なんだ。吸いつくようです」

「そんなこと――」

千尋は目を閉じて身を任せていた。ウエストはくびれ、腰から下は女らしい曲線を描いていた。

孝宏は膨らみの頂点にあるつぼみを口に含んだ。

「ちゅぼっ……ああ、いい匂いがする」

実際、人妻の体はどこもかしこもいい香りがした。特別なフレグランスがあるのだろうか。彼は口に含んだ乳首を舌で転がしながら、もう一方を丁寧な手つきで揉みほぐす。

「ふうっ、ふうっ」

すると、千尋は浅い息を吐く。だが、それ以上ではなかった。

そこで孝宏は乳房に吸いついたまま、手を下のほうへと滑らしていった。平らなお腹を撫で下ろし、内腿の際を攻め、やがてパンティの股間を捕らえた。

「ん……」

クロッチ部分に触れたとたん、一瞬千尋はビクッとする。感じているのだろうか。

一方の孝宏はすっかり欲情していた。股間はテントを張っている。ドクンドクンと肉棒が疼くのを覚えながら、彼はパンティの裾から直接媚肉に触れた。

「千尋さん――」

そこはうっすらとだが、湿っているように思われた。だが、洪水というにはほど遠い感じもした。

それからも彼は必死に愛撫を続けた。自分がセックス巧者とは思っていないが、これまでの人妻たちなら、とっくに燃え上がっているところだ。

しかし、やはり千尋はほかとは違っていた。

「ごめんなさい。やっぱりダメみたい」

彼女は言うと、愛撫の手を止めさせた。たしかにこれ以上続けていても、進展は望めなさそうだった。

孝宏はガッカリしてしまう。

「すみません。僕なんかじゃやっぱり――」

気落ちして言うと、千尋は慌てて否定した。

「ううん、あなたが悪いんじゃないわ。わたしがおかしいの。ただ……」

「ただ、何です？」

「わたしね、実を言うと、自分でするのは感じるの」

彼女が言うには、オナニーなら感じもするし、なんなら絶頂したこともあるというのだ。

この新事実に孝宏は色めきたった。

「だったら、いい考えがあります。お互い見せ合いっこするんです」

「見せ合いっこ？」

要するに、相互オナニー鑑賞しようというのだ。千尋は最初怪訝そうな表情を見せたが、彼の説明で徐々に納得していった。

「僕がシコっているのをエロ動画だと思って見るんです。それで千尋さんも自分ですれば、普段オナニーしているのと同じように感じられるんじゃないですか」

「それ――いい考えかも。試してみたいわ」

話は決まり、孝宏は勇んでパンツを下ろす――とはいえ、彼も人前でオナニーするなど初めてのことだ。それも美しい人妻の前とあって羞恥は否めない。

「座ってしまいますね。そのほうがやりやすいから」

わざわざ宣言するのも照れ隠しであった。しかし、これも彼女のためだ。こちらが恥ずかしがっていては始まらない。彼は横たわる人妻のかたわらに胡座(あぐら)をかき、勃起物がよく見えるようにした。

かたや千尋も異常なシチュエーションに興奮しているようだった。

「すごい。こんなふうに男の人のを見るのは初めて」

「僕だって……、こんな綺麗な人の前でシコるのは初めてですよ」

孝宏は言いながら、右手で肉棒を握る。羞恥を乗り越え、劣情に浸るために美人妻の裸体に意識を集中した。

なよやかな体のラインは、まさに今が食べ頃だった。若過ぎもせず、かといってまだ完熟しきっているわけでもない。二つ並んだたわわな実りは、つい今しがた彼が口に含んだものだ。そこから下半身へ目を移すと、小さなパンティに包まれた秘密の花園が誘っているようだった。

孝宏はゆっくりと右手を動かしはじめる。

「ハァ、ハァ」

慣れ親しんだ快感が太竿に走る。肉傘は早くも先走り汁をこぼしていた。

千尋はそんな彼の姿を横目で見つめている。

「ああ……」

吐息を漏らすものの、まだ動こうとはしない。

孝宏は自慰しながら励ますように言った。

「千尋さんも——ハァ、ハァ。自分で触ってください」

「うん。わかってる」

千尋は心ここにあらずといった声で答える。しかし、その目は肉棒に釘付けだった。

「男の人って、そんな感じでするのね」

彼女は言うと、両手で乳房を触りはじめた。両側から円を描くようにマッサージし、伸ばした人差し指で乳首を捏ねるようにした。

「んっ……」

「ああ、綺麗ですよ。千尋さん」

彼女が小さく喘いだだけで、孝宏の興奮はいや増していく。自ずと扱く手にも力がこもった。

「ふうっ、ふうっ、ふうっ」

「ああ……孝宏くん、いやらしい顔してる」

人妻の反応は明らかに先ほどとは違っていた。自分で乳房を弄るうちに表情もトロンとしてきたようだ。

「ううっ、俺……千尋さんが欲しい」

「エッチな子。わたしで感じてくれているのね」

「もちろん。千尋さんみたいな奥さんと、一度でいいからヤッてみたい」

「ダメよ。ああ、そんなこと言われたらわたし――」

しだいに呼吸が浅くなる千尋の右手がパンティへと伸びる。

「あんっ」

細い指が股間に食い込み、人妻は本格的にオナりはじめた。

孝宏の目の前には、よがる人妻がいた。相互自慰鑑賞は彼女のために始めたことだが、いまや彼自身のほうが入りこんでいる。

「ハアッ、ハアッ」

「あっ、んんっ」

だが、その熱が伝わったのだろう。千尋の喘ぎもだんだん激しさを増し、ついに堪えきれなくなったのか、彼女の手はパンティをかいくぐり、直接秘部を弄りだした。

「あふうっ、んんっ」

「おお、千尋さん……」

「孝宏くんのすごい。あんっ、硬くて美味しそうなの」

これが不感症に悩んでいた人妻だろうか。彼女は悩ましい声で淫語を口走り、左手で乳房を揉みしだき、右手は割れ目を夢中で掻き回していた。

「もうそんな邪魔なもの、脱いじゃいましょうよ」

「そうね。もうこんなもの、いらないわ」

胸を喘がせながら、千尋はパンティを足首から抜く。本人の言うとおり、元来男が嫌いなわけではないのだ。

その証拠に彼女は全裸になると、さらに顔を肉棒にそば寄せてきた。

「もっと近くで見せて。孝宏くんのいやらしいオチ×チン」

「どうぞ見てください。俺も……ハアッ、ハアッ」

「ああん、エッチな匂いがする。こんなの動画じゃ味わえないわ」

鼻息も荒く、快楽を貪る千尋。掻き回す股間はぬちゃくちゃと湿った音をたてている。やがて彼女は無意識に膝を立て、股を大きく広げていく。

「あふうっ、こんなの初めてぇ」

身悶えながら蠢く右手の指がいやらしい。

異様な興奮に孝宏は今にも果てそうだった。

「ふうっ、ふうっ。千尋さん、俺も千尋さんのがよく見たい」

「んっ、あんっ、いいわ」

自慰に夢中な千尋は上の空で答える。

これに乗じて孝宏は、人妻の足のほうへと位置を変えた。

「ううう、千尋さんのオマ×コが丸見えだ」

「ああん、そんなに見ないで。恥ずかしいわ」

千尋はそう言って身を捩るが、開いた脚はそのままだった。むしろより一層自慰は激しくなり、彼女は濡れそぼった花弁に指を埋めていった。

「あっふ、んああっ、ダメ……」

「ハアッ、ハアッ。エロいオマ×コ」

「んふうっ、孝宏くん……」

しだいに千尋の腰が浮いていく。見事なオナりっぷりであった。獣じみた牝臭が人妻の股間からただよってくる。

もっと近くで見たい。嗅ぎたい。孝宏はたまらず前のめりになっていった。

「ハアッ、ハアッ、ハアッ」

「んっふ、あんっ、あふうっ」

気づけば、割れ目は彼の目と鼻の先にあった。もはや欲望を抑えきれない。千尋も快楽に夢中であった。

今なら大丈夫かもしれない。彼は思いきって舌を伸ばした。

「レロ……ぴちゃ」

「はううっ、ダメえっ」

とたんに千尋はビクンと震え、腰を浮かす。しかし避けようとはしなかった。

これに気をよくした孝宏は、本腰を入れてクンニリングスしはじめる。身を伏せて、人妻の弄る指をかいくぐり、懸命に舌を動かした。

「べちょろっ、ちゅばっ。うまっ」

「はううっ、いけないわ。そんな汚いところ」

「千尋さんの……あああ、美味しい」

もはや彼は自分で扱くのもやめていた。不感症と言っていた人妻が、口舌奉仕を許しているのだ。媚肉は愛液をしとどに噴きこぼしていた。

「ちゅばっ、レロッ」

「はひぃっ、ダメ……そんなふうにされたらわたし」

「感じていいんですよ。感じている千尋さん、すごく素敵だ」

「ああん、どうしよう。こんなの初めてぇ」

千尋の声が一段と高くなった。いつしか指の動きも緩慢になっている。いまや自慰するよりも、彼の舌遣いに身を委ねていた。

「あっふ、あんっ、イイッ、イイイッ」

「千尋さん……オマ×コ……べちょろっ」

責める孝宏も興奮していた。人妻の手はすっかりお留守になっている。彼は太腿を抱えこみ、顔を埋めるようにして割れ目を舐めたくった。

するとどうだろう。千尋はついに昇り詰めていったのだ。

「あひぃっ、ダメ……イク……イッちゃう」

「イッてください。千尋さんがイクところを見てみたい」

「あんっ、イヤ……でも、あふうっ。わたし――」

千尋の太腿がギュッと彼の頭を締めつけてきた。すっかり彼の愛撫に身を任せ、苦しそうに喉から息を漏らし悶える。

「イクうっ、イッ……イイイイーッ！」

息みは頂点に達し、千尋は歓喜の声をあげた。絶頂したのだ。ビクン、ビクンと何度も体を震わせて、人妻は生まれて初めて女の悦びを知ったのだった。

「はひいっ、イイ……」

絶頂の快感は凄まじかったらしく、彼女は最後にもう一度息を呑むと、あとはすっかり身体の力が抜けたようにヘナヘナと崩れ落ちた。

孝宏はゆっくりと股間から顔を上げる。

「ハアッ、ハアッ。千尋さん……？」

千尋は額に手をやり、ぐったりとしていた。絶頂の余韻に浸っているのだ。それを目にした孝宏は誇らしかった。不感症妻を自分の口舌奉仕が打ち破ったのだ。

ややあって千尋が目を開き、彼を見つめる。その顔は微笑んでいた。

「イッちゃった……」

「ええ。すごかったですよ」

彼もうれしかった。彼女と力を合わせ、困難を乗り越えたのだ。

すると、千尋が手を差し伸べて言った。

「きて」

言われるままに孝宏が覆い被さると、千尋はその顔を引き寄せてキスをしてきた。

「ありがとう。あなたが初めての人よ」

まさに男冥利(みょうり)に尽きるとはこのことであった。人妻の唇は柔らかかった。

変則的な形とはいえ、男相手に初めて絶頂できた千尋の顔は輝いていた。体つきまでどことなく女らしさを増したように思える。

二人は並んで横たわり、互いの目をジッと見つめ合っていた。

「孝宏くん」

「ん？」

「今度は、わたしにさせてくれる？」

彼女は言うと、嬉々として彼の足下へと回り、股間に身を伏せる。

肉棒は期待に青筋を立てていた。

「大きいオチ×チン」

千尋は逸物を褒めそやし、確かめるように指先でつつ、と撫で上げる。

それだけで孝宏はビクッと震えてしまう。

「おうっ……」

「すごくエッチな匂いがするわ」

「ああ、千尋さん……」

人妻は生まれ変わっていた。不感症で悩んでいた憂いの影は雲散霧消し、代わりに現れたのは官能的な美神であった。

千尋は上目遣いで見つめながら、舌を伸ばして鈴割れをくすぐる。

「おつゆがいっぱい」

「はううっ、そこは……」

孝宏の反応に気をよくし、彼女は肉傘をパクリと咥えた。

「みちゅ……ちゅうぅ」

「うはあっ」

亀頭を吸われ、孝宏は思わず仰け反りそうになる。見下ろす人妻は淫らであった。これまで抑えつけられていたものが、一気に解き放たれたようだった。

「んんん、これ好き」

肉傘を舌で転がしていた彼女だが、やがてずぶずぶと太茎を呑みこんでいく。

そして、ストロークが始まった。

「じゅるっ、じゅるるるっ」

「うはあっ、ハアッ」

「硬いの。すごい」

「あああ、千尋さん。そんなに激しく――」

口舌奉仕に身を任せ、孝宏は夢見心地であった。人妻の舌遣いは巧みだった。だが、それも意外なことではないのだろう。夫婦の営みでは自分が感じられない分、懸命に愛撫の技を磨いてきたのかもしれない。

そう思うと、彼女がより愛おしく感じられた。

「ううっ、千尋さん」

しかし、千尋はしゃぶるだけでは終わらなかったのである。

「ああん、素敵なオチ×チン。ずっとこんなのが欲しかったわ」

フェラの合間に口走りつつ、彼女は自ら媚肉を弄りだしたのだ。

「んふうっ、んんっ。じゅぽっ、じゅるるるっ」

「ハア、ハア。千尋さん、自分で――」

「あんっ。おいひ――んんんっ、じゅぽぽっ」

見るも淫靡な光景だった。身を伏せた美人妻は、夢中で肉棒をしゃぶりながら、股間に回した手で自らを慰めているのだ。

「んふぁ……あふうっ、オチ×チン好き」

長年、自慰のみに快楽を求めてきたせいだろうか。彼女は自らの行為に疑問を抱いてはいないようだ。

しかし孝宏からすれば、それは瞠目すべき出来事だった。淫乱妻の浩子にすら見られなかった貪欲さの証に思われる。

「ち、千尋さん」

「んん？　じゅぷっ、んふうっ」

「僕も千尋さんのが舐めたい」

たまらず彼が訴えると、千尋は上気した顔を上げた。

「いいわ。舐めっこしましょう」

そう言って彼女は向きを変え、彼に尻を向けて跨がった。

ぬらぬらと濡れ光る媚肉が目の前にある。孝宏は身を起こし、むしゃぶりついた。

「びちゅるるるっ、はむっ――」

「あふうっ、ダメ……激しい」

割れ目をねぶられると、千尋は悩ましい声をあげた。

「ああん、わたしも――じゅるるっ、じゅぽっ」

そうして負けじと彼女も硬直に貪りつく。

劣情に任せながらも、二人の行為は進展していった。最初は相互鑑賞、続いて一方からの口舌奉仕へと移り、ついにシックスナインにまで及んだのである。

「べちょろっ、じゅるっ、ふぁう……」

「んっふ、んんっ。じゅぽっ、じゅぽぽぽっ」

もはや千尋に迷いは感じられない。喘ぎを漏らし、夢中で太茎を貪りながら、彼の口舌奉仕も受け入れている。

蜜壺はとめどなくジュースを噴きこぼしていた。孝宏はそれを啜りながら、挿入への欲望がムラムラと昂ぶっていくのを感じた。

「じゅぽっ……ううっ、千尋さん――」

思いは溢れ、彼は舌を伸ばして花弁のあわいに差し入れる。そうして舌を肉棒になぞらえ、出し入れしはじめた。

千尋は敏感に反応する。

「ぷはっ……んああっ、ダメぇ。感じちゃう」

愉悦にしゃぶっていられなくなり、彼女はグッと身を縮めた。その息んだ拍子にアヌスがキュッと締まるのがわかった。

「千尋さん——ハアッ、ハアッ」

そこで孝宏は舌の代わりに指を挿れ、蜜壺を掻き回しながら、人妻の綺麗な放射皺に舌を這わせた。

「レロッ……ちゅうぅ、んまっ」

「あひぃっ、孝宏くんっ……ああん、どこ舐めてるの？」

異変を感じた人妻が切ない声で訴える。激しい喘ぎに息を切らし、抗議するように固く握った肉棒を扱きたてた。

「汚いわ。そんなところ」

「汚くないですよ。千尋さんみたいな美しい人のお尻——美味しいです」

「ああん、バカぁ」

千尋は甘えた声を出し、身をうち震わせた。媚肉からたち昇る牝臭が一層濃くなったようだった。

そして彼女は言ったのだ。

「もうダメ……。ねえ、挿れて。お願い」

「俺も我慢できません」

まさに渡りに船だった。人妻が上から退くと同時に孝宏は起き上がり、組み伏せるようにして覆い被さった。

「いきますよ」

「ええ。早くちょうだい」

これが同じ彼女だろうか。千尋は瞳を潤ませ、息を弾ませている。

孝宏は唾液塗れの肉棒をそろそろと花弁に侵入させていった。

「ほうっ……」

「んあっ……」

彼の舌で十分に愛撫された媚肉は敏感になっていた。千尋は顎を持ち上げて息を呑み、挿入の悦びに美しい顔を歪ませる。

男と女は一つになった。

「ううっ。千尋さんのオマ×コ、締まる」

「ああっ、わたしの中が、孝宏くんでいっぱい……」

息を喘がせながら千尋は言った。三十一年間の人生で、彼女は初めて男を受け入れることの悦楽を知ったのだ。

それは孝宏にとっても感動に価する場面だった。硬直はぬめりに包まれていた。

ゆっくりと腰を動かしながら、蜜壺の感触を確かめていく。

「おおっ……」

「ああっ、素敵──」

すると、千尋も声をあげる。目を閉ざし、下半身に意識を集中しているようだ。

再び孝宏は肉棒を突き入れた。

「うはあっ」

「はううっ」

そして徐々に抽送が形作られていく。

「ハアッ、ハアッ」

「あんっ、イイッ」

孝宏が腰を穿つたび、股間はぬちゃくちゃと湿った音をたてた。これこそ男と女が成すべき愛の形なのだ。彼は言葉にこそ出さないが、人妻を征服した喜びに浸っていた。最愛であるはずの夫にできなかったことを彼が成就したのだ。

「ハアッ、ハアッ、ハアッ」

思いは行為となり、リズムは速くなっていく。

受け身の千尋にも変化が現れはじめた。

「あっふ……んふうっ。孝宏くぅん」

艶のある声を出し、彼の体を抱きしめてくる。そうして顔が近づくと、むしゃぶりつくようにキスをしてきた。

「べちょろっ、ちゅばっ。ああん、気持ちいいの」

「俺も……。ちゅぽっ、千尋さんっ」

「こんなの――あんっ、初めてよ」

貪る舌が絡みついてくる。孝宏も夢中でそれを吸った。密着した体勢で動きはとり辛いが、彼はなおも懸命に腰を蠢かすのだった。

「あっ、あんっ、ああっ、んっ」

人妻の熱い吐息が顔にかかる。

「千尋さんっ、千尋さんっ」

彼は女の甘い息を貪るように吸った。汗ばんだ肌は擦れ合い、互いに溶け入り、混じり合っていくようだった。

「んあぁ、イイイ……」

千尋は全身で悦びを伝えようとしていた。両手は落ち着きなく彼の背中を這い、男の引き締まった尻を撫でまわす。

「ほうっ……」

ぞわっとした感触が孝宏を襲った。流行の最先端をいく人妻は、ひと皮剝けば不感症という哀しい重荷を背負っていた。だが、さらに紐解けば、その内奥には悦びに飢えた一人の女が、日に当たるのをじっと待ち構えていたのだ。

「ああっ、千尋さん。綺麗だ」

たまらず彼は体を起こし、人妻の太腿を抱えあげた。

「あんっ、孝宏くん……」

千尋はすっかり彼に身を任せている。

振り幅の大きなグラインドが再開された。

「ハアッ、ハアッ、ハアッ。おおぉ……」

「んはあっ、イイッ……あふうっ」

「奥に、プリプリしたのが……ううっ」

「んっ。わかるわ。当たっているの」

張り詰めた肉傘は、女のポルチオを刺激した。当たっては離れ、まるで性器同士がキスするようだった。

上気した千尋が背中を反らし、胸を迫り上げる。

「はひぃっ、ダメ……わたしもう——」

彼女が体を波打たせるたび、双丘がぷるんぷるんと揺れた。広げた両手はシーツを摑み、わななく唇が熱い息を吐く。

「ああ、千尋さん、エッチな顔してますよ」

「んふうっ、だってぇ」

意識せずとも腰は動いた。蜜壺の中で肉棒は膨れあがり、盛んに吐き出される先走りが牝汁と混ざり合った。

そのとき千尋が大きな声をあげた。

「んあああーっ、ダメえええっ、イッちゃうううっ」

喉も枯れよと彼女は喘ぎ、全身を硬直させる。隣室の文華夫妻からこれまで散々聞かされた、営みの声への復讐をしているようであった。

人妻の激しい反応に、孝宏もまた昇り詰めつつあった。

「千尋さん、イッてください。俺ももう——」

「うん、出して。一緒にイこう」

「うおおぉぉぉっ」

誘惑の甘い言葉に彼は猛然と突き入れた。

とたんに千尋は四肢を強ばらせる。

「あひぃっ、もう……。イイイイーッ」

「うあぁぁ、締まる……」

蜜壺が締まり、肉棒をきつく握りこんでくる。それでも彼は抽送を続けた。

「あっ……」

すると、ふいに千尋の全身から力が抜けた。まるで宙にふわりと浮かび上がるようだった。しかし次の瞬間、彼女の下半身は硬直する。

「イクッ……。イックううーっ！」

彼女はベッドに頭を突き立てるようにして仰け反り、声高に絶頂を訴えた。その声は魂の震えであり、勝利の雄叫びであった。

そして、その反動は孝宏にも返ってくる。

「うはあっ、出るうっ！」

解き放たれた悦びが、人妻の蜜壺を満たしていった。あまりの気持ちよさに、彼は一瞬気が遠のくようだった。

「んあぁ、イイイ……」

絶頂は長く尾を引いた。千尋はまだガクガクと身を震わせている。自分の身に起こったことが信じられないとでもいうように、トロンとした目はどこにも焦点が合っていない。

それでも終わりは訪れる。抽送は止んでいた。

「ハアッ、ハアッ、ハアッ、ハアッ」

孝宏は息を切らせて彼女を見やる。

千尋もまた彼を見上げていた。

「ひいっ、ふうっ。すごくよかった」

「俺も。最高でした」

「ねえ、もう一度キスして」

「もちろん――」

彼が顔を寄せると、千尋はその唇を自身の唇で愛おしそうに食んだ。愛情のこもったキスだった。

「ありがとう。おかげで女になれたわ」

「千尋さん……」

不感症妻の女を開花させた喜びに孝宏は感無量であった。この勝利を世界中に叫びたいくらいであった。

しかし、所詮は不倫の交わりなのだ。彼はゆっくりと身を引いた。

「おうっ……」

「はううっ……」

肉棒が抜け落ちる瞬間、絶頂で敏感になっていた二人は声を漏らした。そしてぽっかりと口を開けたままの花弁からは、混ざり合った愛欲の跡がどろりと噴きこぼれてシーツを濡らすのだった。

しばらく二人は絶頂の余韻に浸っていた。それにしても、なぜ千尋の不感症は突如として解消されたのだろう？　孝宏にはいくら考えてもわからなかった。相互オナニー鑑賞できっかけを作ったのはたしかに彼だが、それが全てとも思えない。

答えは、隣で横たわる千尋自身が言いだした。

「これまでわたし、夫に遠慮しすぎていたのかもしれない」

独り言のように語りはじめたので、孝宏は耳を傾(かたむ)ける。

「きっと受け身一方だったのがよくなかったのだわ」

これは彼にもわかる気がした。ここの夫婦はどちらも人に見られる商売をしている。外見を最先端に整え、イメージを繕(つくろ)う職業である。それがいつしか夫婦の関係にも及んでしまったのだろう。夫と妻は裸になりきれなかったのだ。

しかし、今の千尋は別人だった。

「ねえ、孝宏くん――」

彼女は肘をついて身を起こすと言った。

「今度は後ろからしてみたいの」

「後ろから……」

生まれ変わった人妻は貪欲であった。覚えたての快楽を手放したくないのだ。

もちろん孝宏にも異存はない。果てて鈍重になった逸物もピクリと反応する。

だが、千尋の要求はさらに手が込んでいた。

「わたし、一度でいいから獣みたいに交わってみたかったの。真っ暗にして」

なんと彼女は暗闇の中、夜這いする形で襲ってほしいというのだ。元来胸に秘めていたのだろう。元不感症妻の成長は実に著しかった。

こうして話は決まり、孝宏は一旦リビングへ戻る。その間に千尋は部屋の明かりを消しておく段取りだ。

寝室の引戸の前で彼は待った。

（他人の家で何やってるんだろう）

全裸で待機する自分の姿を思い、自嘲したくなるが、逸物は期待に打ち震えていた。演技とは言え、夜陰に人妻を犯すというのは興奮を禁じ得ない。

すると、寝室から千尋の声が聞こえた。

「いつでもいいわ」

それに孝宏は返事をせず、ごくりと生唾を飲む。あえて夫のことを考え、いけないことをしているという気分を盛り上げた。

彼は音をたてぬよう、そっと引戸を開ける。

室内は真っ暗だ。明るいリビングにいた彼はしばらく目が慣れず、とまどった。しかし、しばらくするとベッドの輪郭がぼんやり浮かんできた。

孝宏は手探りで進む。すると、ベッドの上に人影があった。千尋だ。しかしそのシルエットを見ると、彼女はこちらに背を向けて、体を丸めて横たわっている。

寝乱れた髪がシーツにこぼれていた。彼の目は人妻の肩から肩甲骨へと向かい、引き締まったウエストを愛で、女らしく張り出したヒップラインを追いかける。

「すうーっ、ふうーっ」

人影は一定の間隔で膨らんだり縮んだりした。きっと彼女も期待に興奮しているのだろう。浅い息を吐いていた。

孝宏は本当の夜這いらしく、彼女の背後から慎重にベッドに上る。股間の肉棒はすでに七分勃ちといったところか。

彼は人妻の背中に寄り添うように自分も横たわる。そして寝乱れた髪を一房手に持つと、心ゆくまでその匂いを嗅いだ。

「すうぅーっ……。あー、いい匂い」

「んん……」

するど、千尋は鼻を鳴らして身じろぎする。あくまで寝たふりをしようというらしい。

その仕草は孝宏の悪戯気分を盛り上げた。

「舐めちゃお」

彼はわざと声に出して言うと、人妻の髪を掻き分け、うなじに舌を這わせる。

とたんに千尋がビクンと震えた。

「あんっ……」

不感症どころか、今ではすっかり敏感になっている。気をよくした彼はさらに背筋に沿って舐め下ろし、尾てい骨の先まで這い進んだ。

「ひゃうっ……くすぐったいわ」

たまらず千尋は声をあげてしまう。

しかし、孝宏は止まらなかった。設定にこだわるよりも、欲望の赴くままを優先したのである。

そして彼のお気に入りは、三十路妻の尻であった。傷ひとつなく、ぷりんとした尻たぼを両手で広げ、彼の舌はさらに峡谷を下っていった。

「レロッ……」

「はうぅっ」

「千尋さんの、可愛いケツ穴――」

舌は窪みを愛おしげに舐める。

すると、もう千尋はジッとしていられない。

「んはあっ、ダメ……」

「べちょろっ、ちゅぱっ。美味し」

孝宏は口走りながら、同時に右手で彼女の秘部を弄る。割れ目はグズグズだった。ぬめった花弁は指にまといつき、肉芽は硬く締まっていた。

「あんっ、イヤ……そこは」

「ちゅばじゅるっ。んぱっ……スケベなオマ×コだ」

「ああん、だって……。孝宏くんがエッチなとこを舐めるから」

「千尋さんがスケベな匂いで誘惑するからだよ」

「んふうっ、んっ。はううっ」

暗闇で囁き合い、劣情を高める二人。尻に顔を埋めた孝宏は興奮していた。先ほど果てたばかりの肉棒が、早くも蜜壺を求めていきり立っていた。

「後ろからブチ込んであげる」

アヌスに語りかける彼に対し、千尋も淫語で答えた。

「孝宏くんのおっきいオチ×ポで掻き回して。滅茶苦茶にしてほしいの」

「うおおおっ――」

孝宏はまさに獣のごとく吠えると起き上がり、うずくまった千尋の膝を立たせて四つん這いの恰好にさせた。

「あっ、ああっ。孝宏くん、乱暴ね」

強引に動かされた千尋は言うが、本気で嫌がっているわけではない。

孝宏もそれはわかっている。だから、ためらうことなく硬直を突きたてた。

「ううう……。そんなこと言って、こんなに濡れているじゃないか」

バックから挿入した太竿は、溢れるぬめりに包まれていた。

千尋も腕をついて身を起こす。

「あふうっ、オチ×チンきた」

「ハァ、ハァ。さっきより締めつけがきついみたいだ」

根元まで突き入れたまま、彼はしばらく動けなかった。絶頂した後の粘膜がまだ敏感な状態だったのだ。下手に抽送をはじめたら、それだけで漏らしてしまいそうだ。

それは千尋も同じようだった。

「はひぃっ、ダメ……。こうしているだけで感じちゃう」

にっちもさっちもいかないとはこのことだ。孝宏が人妻の背中に覆い被さったまま、しばらく二人は微動だにしなかった。とくに千尋はこれまで抑圧されていた思いが著しく、激しい息遣いをしてジッと堪えているようだった。

無数の肉襞が太竿に絡みついてくる。

「ふうっ、ふうっ」

孝宏は額に脂汗をかいていた。体位が変わったせいもあるだろうが、蜜壺の感触は正常位のときとかなりちがう。裏筋が刺激されるのだ。

だが、いつまでもジッとしてはいられない。彼は動いた。

「ううっ……おおおっ」

たったの一ストロークで痺れるような快感が走った。

千尋も喘ぐ。

「んはあっ……ひぃぃーっ、感じるぅ」

「うはあっ、すご……」

あまりの快感に目眩すら覚える。孝宏は気を取り直し、再び抉りこんだ。

「おおおうっ」

「はひぃっ……」

すると、千尋はわなわなと身を震わせて喘ぐのだった。

やがて抽送は一定のリズムを刻みはじめる。

「ハアッ、ハアッ、ハアッ」

孝宏はまなじりを決し、両手で尻たぼを愛でながら腰を振った。

四つん這いの千尋は肘をついて呼吸を荒らげる。

「イイッ……んああっ、もっと」

「千尋さんのお尻、あったかいよ」

「孝宏くんのオチ×チンも熱々――ああん」

彼女は言うと、後ろ手を伸ばし、繋がりを求めた。

暗闇で蠢く手は本来なら見えないはずだが、孝宏は偶然に人妻の手首を捕まえた。

「千尋さん」

「孝宏くん」

それだけ肉体の相性が合っていたのだろう。言葉で語らなくても、いつしか互いの呼吸を感じ取れるようになっていたのだ。

千尋は両手を引っ張られた姿勢で尻を突かれていた。

「あんっ、あああっ、イイッ」

それを孝宏はハンドルのように摑み、リズミカルに乗りこなす。

「ハアッ、ハアッ、ハアッ」

溢れた牝汁が掻き回され、ぬちゃくちゃと音をたてていた。

ずっとこうしていたい。孝宏は夢見心地であった。暗くて、人妻の美しい顔を見られないのは残念だが、暗闇でひたすら抽送に耽るというのも悪くない。何より快楽に集中できた。

「おおぉ、千尋さんっ……」

実際、千尋の体は時間が経つにつれ、一層こなれていくようだった。たっぷりと煮込まれたシチューのように旨味が増し、具材が渾然一体(こんぜんいったい)となっていくようであった。

「あふうっ、イイイーッ」

さらに希有なのが、生まれて三十年余、これまで彼女はこの悦びを知らなかったということだ。

「あんっ、んんっ、もっとぉ」

「ハアッ、ハアッ」

「ああ、もうダメ。わたし――」

後ろ手を引かれ、上体を宙に浮かせた姿勢が苦しかったのだろう。千尋は喘ぎを漏らすと、顔をシーツに埋めてしまった。

おのずと繋がっていた手が離れる。

「千尋さん、俺も……」

「あああっ、ダメぇ……」

ついに千尋はうつ伏せに倒れこむ。

だが、幸いなことに結合は解けていなかった。孝宏は彼女を追いかけるようにその背中に覆い被さった。

「千尋さん、あああ……」

寝バックで腰を振り続ける。尻のクッションが心地いい。

千尋はシーツに向かってくぐもった声をあげた。

「ぐふうっ……んあぁぁ、イヤあぁぁぁ」

「千尋さんも、気持ちいいの？」

「いいわっ……もちろん。孝宏くんは？」

「俺もっ……ううう、たくさん出ちゃいそうです」

「たくさん出して。ねえ、わたしのオマ×コでいっぱい出してほしいの」

誘惑の言葉は自尊心の表れだった。不感症だった過去を忘れ、彼女は誇らしげに女の悦びを主張していた。その楽園へ導いてくれた彼に対し、心からの感謝を表わしているのだった。

もちろん孝宏は奮い立った。

「んぐうっ……」

胸板をべったりと人妻の背中につけ、腰から下だけをヘコヘコと動かす。ぬめりをまとった肉棒は蜜壺を縦横無尽にかき回した。

千尋の手がシーツをぐしゃぐしゃにして掴む。

「んあ……イイイイーッ」

熱い吐息を吐きながら、一時顔を上げて虚空を眺める。だが、その目はどこにも焦点が合っていない。美しい顔は歪み、汗ばんだ肌が桜色に染まっていく。

　孝宏はラストスパートをかけた。

「うわあぁぁぁ、ハアッ、ハアッ、ハアッ」

「あひぃっ……ダメえぇぇーっ」

　とたんに千尋は腹筋をグッと縮め、背中を丸めようとする。

　太竿は隅々まで容赦(ようしゃ)なく蜜壺を抉った。

「ハアッ、ハアッ、ううう、もうダメだ……」

　解放の約束がすぐそこまで迫っていた。彼の額には脂汗が浮かび、ゴール目指して最後の気力を振り絞った。

「うあぁぁぁっ……」

　そのとき千尋が顔を上げた。

「あひぃっ、そこっ……」

　シーツに顎を乗せ、悩ましい表情を見せる。次の瞬間、太腿を閉じてギュッと締めつけてきた。

「イッちゃううぅーっ！」

「うはっ、出る……」

予想外の圧力で締めつけられ、肉棒は不可抗力的に射精した。

注ぎこまれた白濁は大量だった。

「あふうっ、きた――」

受け止めた千尋は小さく呻き、絶頂の余波で何度か体を震わせる。

ようやく孝宏は抽送を止めた。

「ハアッ、ハアッ、ハアッ、ハアッ」

凄まじい快楽であった。射精した後も、しばらくはまだ夢を見ているようで、身動きすらできなかった。

千尋も事情は同じようだ。

「ひぃっ、ふうっ、ひぃっ、ふうっ」

ベッドに突っ伏したまま、懸命に息を整えようとしつつ、絶頂の余韻を反芻(はんすう)しているようだった。

それからしばらくして、やっと正気が戻りはじめた。

「千尋さん、俺――」

孝宏は呼びかけながら、ゆっくりと彼女の背中から退く。

いまだ大きさを保った肉棒が、花弁からでろりと抜け落ちた。

「ううっ……」

「ああっ……」

思わず二人の口から呻きが漏れる。

それから千尋は手探りで間接照明を点けた。よほど暴れたらしい。シーツはぐちゃぐちゃに乱れていた。

人妻はシーツの乱れを手で直しながら言った。

「今日はありがとう。おかげでいろいろと吹っ切れたみたい」

表情は明るくなっていた。彼女はもとより美人だが、そこへ年相応の色香が加わり、さらに魅力が増しているようであった。

孝宏もうれしかった。

「こちらこそ。ありがとうございました」

「あら、どうしてあなたが感謝するの？」

「だって……。千尋さんみたいな美人と繋がれて、しかもこんなふうに言ってもらえるなんて、男として自信がついた気がするんです」

それは本心だった。残業で疲れていたのをおして、四〇一号室を訪ねてよかったと思っていた。やっていることは、不倫であることに違いはない。しかし、なぜか不思議な清々しさがあった。

千尋も同じように感じているらしかった。

「なんか変ね。こんなことをした後なのに、気分が晴れ晴れとしているの」

「あ。それ、僕も」

孝宏が賛同すると、彼女はおかしそうにぷっと吹き出した。

「まあ、あなたもなの」

「ええ」

その夜は楽しい気分のまま、二人は別れた。孝宏も自分の部屋に戻ると、すぐにすやすやと眠ってしまった。

第四夜　真凜／ギャル妻のコレクション

　仕事が退け、帰宅する孝宏の足取りは軽かった。楽しみが待っていると思うと、下りの満員電車もさほど苦ではない。彼は吊革につかまり、流れる車窓の景色を眺めながら、行き過ぎる駅の数を数えていた。

　きっかけは、前日の夜のことだ。自宅にいた孝宏は、日用品を買いに近所のコンビニに行くため、サンダルをつっかけて玄関を出た。

　すると、そこに隣の真凜がしょんぼり立っていたのだ。

「こんばんは」

　孝宏は意外に思いながら声をかける。ギャルらしく、いつも明るい彼女には似つかわしくない雰囲気だった。手にはスマホを持っている。

　真凜も気づいて顔を上げた。

「あー、タカぽん」

孝宏は気づかれない程度に顔を顰（しか）める。例の会議以降、彼女につけられたあだ名であった。ギャルの口から言われると、なんとなく気恥ずかしいのだ。

「では、僕はこれで――」

彼はそのまま行き過ぎようとした。特に共通の話題もないからだ。これまでの半生でギャル人種との接点はない。まるきり別世界の存在であった。

ところが、真凛に引き留められた。

「ねえ、聞いてぇ」

「え……？」

遠慮なく袖を引っ張られ、孝宏はバランスを崩しそうになる。

真凛は長い爪で袖をつかんだまま言った。

「毎日ひとりぼっちですることがないの。あたし、可哀想じゃない？」

「あ、はあ。その……何と言ったらいいか――」

面倒ごとに巻きこまれたな、と最初彼は思った。以前から真凛は屈託（くったく）なく挨拶などするタイプではあったが、彼が「防犯係」になって以来、グッと距離を縮めてきたのであった。今では顔を合わせるたびに、必ずひと言ふた言、お喋（しゃべ）りに付き合わされるようになっていた。

もちろん、それ自体が嫌なわけではない。真凜は可愛らしいギャルだった。年だって孝宏より二つ年下だ。ただ問題は、彼女の亭主であった。若妻の夫はいわゆる勤め人らしくなく、パッと見チンピラのような、何をしているかわからないタイプだったのだ。

そのため彼はギャル妻の距離の詰め方を警戒していた。

「あの、もしかして――電話はご主人と？」

手にしたスマホを見て、そう訊ねる。彼女がご機嫌斜めなのも、それが原因と思われた。

すると、真凜は深く頷く。

「そうなの。最低でもあと三日は帰れないんだって。仕事ばっかり。もう帰ってこなけりゃいいのに」

憎まれ口を叩くのも、寂しいからだろう。孝宏は微笑ましく思うと同時に、こんな可愛らしいギャル妻がいる亭主が少し羨ましくもあった。

しかし、真凜の不満はもっと根深いようだった。

「そうだ。タカぽん、明日ヒマ？」

いきなり言われた孝宏は目を白黒させる。

「ヒマって……。ええ、別に用事はありませんけど」

「やった。じゃあ、ご馳走つくって待ってる」

話の展開が急すぎて、ついていくのに苦労した。真凜は防犯係を務める彼へのねぎらいとして、夕食に招待してくれたのだ。それは住人会議で決まったことであり、彼女の提案はなんら不思議はない。しかし、孝宏は躊躇した。輩(やから)じみた彼女の亭主が脳裏に浮かぶ。

「明日はそんなに忙しくないから、七時くらいには帰れると思います」

だが、気づくと彼は招待を受け入れていたのだった。

真凜は長い付け睫毛をはためかせながら喜んだ。

「わー、楽しみ。なるべく早く帰ってきてね」

こうして翌日のディナーをともにすることが決まったのだった。


駅からはあっという間だった。だが、前日あれほどためらっていた孝宏は、今日になると打って変わって、浮かれ気分で帰宅を急いでいた。

理由はこれまでの経緯にある。『アーバンヒルズ』マンション住人のうち、彼はすでに三人の人妻と肉を交わしている。しかも、そのうち千尋は文華との関係も知っており、いわば共犯関係にある。秘密の共有は完璧であった。

彼としては、いまさらそこに一人加えても、さして危険があるようには感じられなかったのである。

加えて、実を言えば、彼はかねて「隣の白ギャル」が気になっていた。若妻はいつも露出の多い服装をしており、タンクトップから覗く白い谷間やピチピチの太腿を見せつけられていたのだ。彼女をオカズにしたことも一度や二度ではない。

すでに彼の頭から、強面亭主の顔は消えかけていた。考えてみれば、最低でもあと二日は真凜の夫は留守なのだ。

孝宏は胸を高鳴らせながら階段を上り、二〇二号室のインターホンを鳴らした。

「お帰りぃ～」

玄関を飛び出してきた真凜がいきなり抱きついてくる。

ふいをつかれた孝宏はよろけそうになった。

「た……ただいま」

白ギャルは上下揃いのモコモコしたルームウェアを着ていた。太腿は付け根のところまで丸見えだ。髪はピンクのカチューシャで留めている。

懐に抱かれた真凜が上目遣いに見つめてきた。

「待ってたんだよ。お仕事、大変だった？」

「う……まあ。いや、今日はそうでもなかったかも」

「いいから入って。ご飯用意してあるから」

とまどう彼をよそに、ギャル妻はいそいそと玄関を上がる。

孝宏もあとについて靴を脱いだ。

「エプロン、してたんだ」

「うん、そうなの。どうこれ、似合う？」

真凜はエントランスホールで一回転してみせる。ルームウェアの上に着けたエプロンは、胸がハート型になっており、フェイクファーで縁取られていた。実用的ではないが、見た目に可愛いデザインであった。

孝宏は昨日までの杞憂を忘れ、気分が浮きたつのを感じた。

（なんだか新婚家庭みたいだな）

これまで相手にした人妻たちと違い、真凜は自分より年下だった。実際夫婦でもおかしくないわけである。

そして、真凜は現役の人妻でもあった。

「タカぽん、スーツ」

彼女は言うと、彼から上着を受け取り、手慣れた様子でリビングのハンガーに掛けてくれた。

さらに意外だったのは、部屋の綺麗さである。ギャルと思って勝手に乱雑な部屋を想像していた孝宏は、自分の不明を恥じた。恐らくインテリアは夫の趣味と妻の趣味が混在しているため統一感こそないが、上手く整理整頓されている。目立つ埃もなく、窓やテレビといったガラス類には指紋の跡も見られない。家事のかなり行き届いた部屋だった。

孝宏は案内されたダイニングテーブルにつく。食卓にはすでに小皿の類いが何品か並べられていた。

「すごいな。全部、真凜さんが作ったんですか？」

小皿にはひじきの煮物やほうれん草のおひたし、さらには見た目に綺麗な梅水晶まで用意されていた。まるで居酒屋のようである。

キッチンで立ち働く真凜はうれしそうに答えた。

「そうよ。常備菜なんかの作り置きもあるけど。ビールでいい？」

「あ、うん。お願いします」

何より意外だったのは、メニューが和食ばかりだったことだ。母親にでも習ったのだろうか。また一つ、彼女の見た目とのギャップに驚かされた。

冷えたビールとコップを二つ持って真凜はテーブルについた。

「お疲れさま。まずはグッと飲んで」

「ありがとう。真凜さんも」

互いにビールを注ぎ合い、乾杯する。真凜はちょっと口をつけただけだった。

「ねえ、ほらひじきを食べてみて。硬くない？」

「うん……。いや、美味いよこれ。味が染みてる」

「ホント？　よかった。じゃ、あたしも——」

はのぼのと温かい夕餉の始まりだった。孝宏はすっかり真凜のことを見直していた。

やはり人間は見た目ではわからないものだ。しかし、そうなると夫の気持ちがわからなかった。こんな愛らしい若妻がいたら、毎日早く家に帰りたくなりそうなものだ。

自分なら少なくとも仕事にかまけたりはしないだろう。

やがてメインディッシュも出され、彼は満足した顔でパクついていた。

真凜も、その様子を見てご機嫌そうだった。

「よく食べるわね。よっぽどお腹が減っていたみたい」

「いや、だってどれも美味いからさ。このおこわも最高」

孝宏がわざとかきこんでみせると、真凜は笑った。

「そんなに慌てないで。小さい子みたい……んっ」

「え？」

彼の箸が一瞬止まる。真凜が最後に微かだが、喉を鳴らすような音をたてたからだった。それとも、気のせいだろうか。

真凜はお喋りを続けた。

「タカポンは普段ご飯はどうしてるの？」

「適当に。帰りがけに店に寄ったり、コンビニで買ってきたりとか」

「ふうん。作ってくれる彼女は？」

「いないよ。そんなの」

「寂しくない？」

テーブル越しに真凜の目がまっすぐに見つめていた。付け睫毛にカラコンをした目は大きく、ぽってりした唇がもの問いたげに開いている。

孝宏は胸の高鳴りを感じた。

「寂しいと言えばまあ……。あまり考えたことないけど」

すでにエプロンを外した真凜が目の前にいた。ルームウェアは上がフード付きのジップアップだったが、彼女はその胸元を大きく開けていた。真っ白な胸の盛り上がりが目に眩しい。

すると、なぜか真凜がモジモジしはじめる。

「タカぽん、イケメンなのに可哀想……ふうっ」

「別に可哀想ってことは――大丈夫？　気分でも悪いの」

「ううん、平気。ただ……ねえ、お代わりは？」

「あ、いやもうたくさん。お腹いっぱいだよ」

孝宏は受け答えしながらも、不穏な空気を感じていた。さほど飲んだわけでもないのに、真凜の様子がおかしいのだ。さっきから急に喉が詰まりそうになったり、俯いて堪えるようだったり、とにかく尋常ではなかった。

すると、真凜は妙な空気を断ち切るように立ち上がった。

「そろそろ片付けちゃうね。もういい？」

「うん。ご馳走様」

釈然としないまま、孝宏は箸を置く。真凜は食卓を片付けはじめたが、「あとで見せたいものがある」などと、腹に一物あるようなことを言うのであった。

食後、孝宏はリビングで寛いでいた。すでにネクタイは外し、シャツの襟元も緩めている。新妻手作りの和食で胃袋も満足しており、少しのビールで眠気さえ覚えはじめていた。

一方、皿洗いを終えた千尋はいったん寝室に引っこんだ。「見せたいものがある」という。部屋を仕切る戸を閉めて、何やらガサゴソやっていた。

「タカぽん、お待たせー」

彼女は言うと、寝室の引戸を開ける。

その姿に孝宏は驚いた。

「真凜さん、それ……」

「どう？　似合ってる？」

真凜はうれしそうにその場で一回転してみせる。モコモコの部屋着は脱ぎ捨てられ、スケスケのランジェリー姿になっていたのだ。

孝宏は口をあんぐり開けたまま声も出ない。

その反応を見て、ギャル妻は笑い声をたてる。

「ちょっとぉ、なんか言ったら？　目が怖いんだけど」

「あ、あぁ……」

掠れ声を出すのが精一杯だった。腰をギリギリ覆う丈のワンピースが薄膜となり、派手な柄物のブラジャーとパンティを際立たせていた。形のいい脚は膝上までの網タイツで覆われている。

こんなにセクシーで可愛らしい生き物を見たのは初めてだ。孝宏は思わずソファの上で腰を浮かせていた。

一方、真凜は男の反応に十分満足したようだ。ファッションモデルの真似事はやめて、ベッドに向かって身軽にぴょんと飛び乗ってみせた。

「タカぽんもこっちに来て」

「う、うん。しかし――」

呼ばれても、孝宏はすぐに動けない。妄想の世界にいたはずの美女が突然目の前に現れたかに思えたのだ。キュートな小悪魔がすぐそこにいた。小柄でも出るところはちゃんと出ており、抱き心地の良さそうな体であった。

ベッドの真凜はグズついている彼を励ますように言った。

「ねえ、見せたいものがあるって言ったでしょ」

その言葉に彼が一歩踏み出そうとしたとき、彼女はおもむろに自分のパンティに手を突っこんだ。

「え……？」

驚いて孝宏は踏みとどまる。すると、真凜が下着の中から手を出した。その手には小さな器具を持っている。

「実はね、ずっとこれを入れてたんだ」

それはピンクローターだった。リモート式のやつだ。彼女は左手にオンオフスイッチを持ち、パンティから出した右手は卵形のローターをつまんでいた。

真凜は見せつけるようにローターを持った手を振ってみせる。これを夕食の間中も股間に仕込んでいたというのだ。ときどき様子がおかしかったのも、これで理由がわかった。

器具は照明を浴びて輝いていた。たった今、ギャル妻の媚肉から取り出されたばかりで牝汁塗れなのだ。

孝宏はゴクリと唾を飲むと、ゆっくりと寝室へと向かう。

ベッドにはアダルトグッズが所狭しと並べられていた。彼女が見せたかったのはこれのことらしい。

「独身時代からのものもあるの。どう、すごくない？」

真凜は屈託なく自慢してみせた。確かに見事なコレクションであった。電マは大から小までサイズ違いのものが揃っていて、ローターも様々な形のものがある。ディルド、バイブレーターの類いは言うまでもなく、そのほか彼が知らない玩具まであった。

「うん、すごいね。これ、全部真凜さんが？」

「好きなんだ、こういうの。可愛くない？」

「可愛いっていうか……まあ」

本音を言えば、孝宏は昨晩真凜に食事を誘われた時点で、こういった成り行きになることも想定していた。それまで三人の人妻たちとの体験を経て、彼も「防犯係」としての自分の役割を薄々感じはじめていたのである。ギャル妻の招待が一夜をともにする流れになったとしても、これまでほどには驚かなかっただろう。

しかし、この展開は想定外だった。

「真凜さんは、こういうのが好きなんだ」

なんとか平静を装い、彼はベッドに腰掛けた。

ランジェリー姿の真凜は極太ディルドを手にして言った。

「うん。でもね、うちのダーリンはつまんない奴なの。こういうのはあんまり興味がないからって。付き合い悪くない？」

「まあ……そうだね」

生返事をする孝宏の目は玩具に釘付けであった。中には彼の見たことがないものもあったが、ギャル妻が使用しているところをつい想像せずにはいられない。

真凜は言った。

「だから、最近はずっとご無沙汰なんだ。つまんないの」

口を尖らせながら、彼女はディルドを撫で回している。

孝宏は喉がカラカラだった。

「こういうの、俺はすごく興味あるけど」

「ホント!?　タカぽんならそう言ってくれると思ったんだ」

真凜は手を打ち鳴らし、喜んでみせた。そして雑然と並んだ玩具をあれこれと物色しはじめたのである。

結果、手に取ったのは先端に刷毛（はけ）のついたローターだった。

「最初はこれで。タカぽんが責めてくれる？」

「うん、いいよ」

話は決まった。濡れ場を想定していた孝宏も、まさかこんなふうに合意して進む形になるとは思いも寄らなかった。

一方、すでに真凜はキャミソールに手をかけている。

「こんなの脱いじゃうね」

彼が見る前で、ベッドに座ったギャル妻は惜しげもなく肌を晒した。ブラジャーとパンティ、そして網タイツを穿いた姿が悩ましい。

だが、そこで彼女はいったん手を止めてこちらを見る。

「タカぽん、後ろ外してくれない？」

「う、うん……」

屈託なく甘えられ、男に拒む術はない。孝宏は身を乗り出し、おそるおそる両手を伸ばして背中に回し、ブラのホックをまさぐった。

「ありがと」

パチンと音がしてホックが外れる。真凜は腕をクロスさせて両手でカップを支え、そのまま手を下げると、二つの膨らみがぷるんと飛び出した。

なんて綺麗な乳首だろう。孝宏の目はピンクの突起に奪われた。左右の膨らみはそれぞれが存在を主張するようにクッキリとした丸みを帯び、その中心に輪郭のぼやけたサークルがある。そこに身を縮めて佇む乳首が愛らしい。

真凜はその恰好のまま仰向けに横たわった。

「いっぱいエッチなことして遊ぼう」

「だね」

孝宏は鼻息も荒く、いそいそと自分もシャツとスラックスを脱ぐ。そして改めてギャル妻の脇に胡座をかき、刷毛付きローターを手に取った。

仰向けの真凜が声をかけた。

「使い方わかる？」

「ん。これがスイッチでしょ――」

孝宏が手元のボタンを押すと、玩具がブルブル震えだした。細かなバイブレーションが手に伝わり、先端の刷毛を揺らしている。

「ハァ、ハァ」

彼は浅い息を吐きながら、毛先をピンク色の乳首に近づけていった。

真凜も顎を引いて玩具の動向を見守っている。

「可愛いピンク色しているね」

孝宏は震える毛先を乳首に触れさせた。

とたんに真凜が喘ぎを漏らす。

「あんっ」

刷毛は唸りをあげ、硬くしこった先端をくすぐった。

責める孝宏も興奮してくる。

「感じやすいんだね」

「うん。タカぽんが上手なんだもん……んんっ」

真凜は時折ビクンと体を震わせつつ、網タイツ脚を捩らせた。

「別のも使っていいんだからね」

そして付け加えるように言うと、眉根を寄せて彼を見つめてくる。

催促しているのだ。すぐに悟った孝宏は、片手でローターを操作しながらベッドの上を物色した。いろいろあるが、目に付いたのは電動マッサージ器だった。

中型のものだ。電マは電池式でコンセントの必要がない。彼は迷わず手にするとスイッチをオンにした。

「ああん、それいっちゃうんだ」

ローターとは比べものにならない唸り音が鳴り響いたとたん、早くもギャル妻は期待するような声をあげる。

「いっぱい気持ちよくしてあげるからね」

いつしか孝宏は、自分がいっぱしの遊び人になった気すらしていた。興奮もあらわに、右手で構えた電マをパンティの上に押しつけていく。

「ほら、これはどう？」

柔らかな土手に器具は埋もれ、激しいバイブで溝を刺激する。

たまらず真凜は顎を持ち上げた。

「んああっ、すごいぃぃぃ……」

「ああ、いやらしい顔。気持ちいいの？」

「うん。とっても……あっ、あっ、そこいいっ」

二点責めされた真凜は息を切らし、激しく喘ぐ。おのずと腰が持ち上がり、自ら秘部を押しつけているように見える。

胡座をかいた孝宏の股間はすっかりテントを張っていた。

「ハア、ハァ。もっと強くする？」

「ん……ああん、してぇ」

喘ぎながら答える真凜。わななく腕が彼の股間に伸びてくる。

「タカぽんのオチ×ポ──」

「うぐっ……」

肉竿をパンツの上からわし掴みにされ、孝宏は呻（うめ）く。

ギャル妻の手は硬直を揉みくちゃにした。

「あたし、ずっとこれが欲しかったんだよ」

官能の最中に真凜はふと語りだす。まだ秘密があるらしい。

孝宏は快楽を覚えながらも問い返す。

「ずっと……って？」

「そのままの意味。あたしね……あふうっ。寂しい時なんかときどき、タカぽんをオカズにしてオナッたりしてたんだ」

「マジで――!?」

衝撃的な告白であった。一瞬彼は耳を疑ったが、聞き間違いではない。「隣のギャル妻」が、孝宏自身を欲望の対象にしていたというのである。

たまらず彼も秘密を打ち明ける。

「実を言うと俺も……。俺も真凜さんで抜いたことがあるんだ」

「本当？」

「ああ、嘘じゃない」

「一回だけ？」

「う……二、三回。いやもっとかな」

「うれしい」

真凜は言うと、さらに念を入れて肉棒をまさぐってきた。

要するに、こうなる前から彼らは互いに相手を性欲の目で見ていたということである。単なるご近所さんの時点から、すでに欲望の芽は吹いていたのだ。それが今回、マンション全室の夫が不在になるという偶然が重なり、障害が失われたために全てが一気に解放されたというわけだった。

「ねえ、チューしたいぃ」

真凜が甘えて言うので、孝宏はすぐに応じた。

「うん、いいよ」

だが、並んで横たわるには両手に持った玩具が邪魔だ。彼はそれらをいったん手放し、添い寝すると彼女の肩を抱いた。

近い距離で二人の目と目が合った。

「タカぽんの顔、近くで見るともっとイケメンだね」

「真凜さんも、目がクリックリで可愛いよ」

「さん付けなんて嫌。真凜か、マリリンって呼んで」

「じゃあ、真凜」

「ん」

真凜は言うと目を閉じ、唇を突き出した。

催促する仕草が愛らしい。孝宏は迷うことなく唇を重ねた。

「ふぁう……」

「んふぁ……レロッ」

すると、すぐに彼女のほうから舌を伸ばしてきた。求め合う舌と舌はのたうち絡みつき、相手の唾液を啜(すす)ってはまた貪るのだった。

「ちゅばっ、んまっ」

「ふぁう、ちゅろ……んんっ」

ギャル妻は全身からいい匂いがした。華奢な体を抱きしめると、白くきめ細かい肌が手に吸いついた。

「可愛いよ、真凜」

孝宏は夢中になって舌を貪り、細腰を抱き寄せた。二十三歳の若妻は、どこもかしこも水気たっぷりであった。

キスの最中に真凜が口走る。

「んふぁ……ねえ、玩具——」

「また弄ってほしいの？」

「うん、そこのワインレッドのやつを取って」

言われたほうを見ると、笹形の器具があった。片側に太く短いノズルのようなものが付いている。彼の知らないアダルトグッズであった。

「これのこと？」

「うん、それ」

「どうやって使うの？」

孝宏は素直に訊ねた。年下とはいえ、相手は玩具のコレクターだ。自分の無知を恥じる必要はなかった。

そして真凜もまた気にすることなく説明をした。

「ウーマナイザーっていうの」

「ウーマ……」

「そう。そこの穴でね、クリちゃんを吸ってくれるの」

なるほど。孝宏は納得しながら思い出す。そう言えば、聞いたことがある。どこぞの女性タレントが不倫報道で所有していたことが発覚したあれだ。

彼は手元のスイッチをオンにした。

「すごいね、これ。たしかに吸いつく」

「でしょう？　ね、早くあたしにして」

真凜は言うと、待ちきれないというように、自らパンティを脱ぎだした。

「あっ……」

孝宏は思わず声を出してしまう。ギャル妻はパイパンだったのだ。

だが、真凜はまるで気にしていない。あまつさえ彼の手を引き、自分の股間へと導いていく始末であった。

「あふっ、そう……これ好き」

「あああ、すごい。よく見えるよ」

吸い口をあてがうと、器具は唸りを上げながら吸引した。一切の恥毛がないために肉芽の様子が丸見えだった。

一方、身悶える真凜も彼の股間に手を伸ばしてきた。

「タカぽんも、気持ちよくしてあげる」

そう言って、勃起した肉棒をパンツから引っ張り出し、扱くのだった。

たまらず孝宏は呻き声をあげた。

「ううっ、握りが強い」

逆手で猛然と扱きあげられ、思わず腰が浮きそうになる。

それでもウーマは押し当て続けた。しだいに真凛の体が波打ちはじめる。

「んあああっ、イイッ。イキそ……」

「俺も……ううっ、出ちゃうよ」

「出していいよ。あたしもマジで……はひぃっ、ダメえっ」

ギャル妻は白目を剝き、息苦しそうに胸を喘がせた。同時に扱く手も激しさを増していく。

「んあああっ、ああっ、イイッ、イクッ」

「ハアッ、ハアッ。ううう、もうダメだ……」

孝宏が限界を迎えようとした瞬間、いきなり真凛が唇を吸い寄せてきた。

「みちゅう、レロッ……はひぃっ、ちゅばっ」

喘ぎで呼吸が苦しいなかでも、無我夢中で舌を貪ってくるのだ。

ギャル妻の貪欲なプレイに孝宏は堪えきれない。

「はむ……んふぁっ、出る」

「んふううっ」

肉棒は派手に白濁液をまき散らした。だが、彼は玩具を離さなかった。

「んふぁ……ダメ……ンクゥッ！」

次の瞬間、真凜は舌を絡めたまま絶頂したのである。

「んんっ、んふうっ、んんんっ」

最後に腰を突き上げるようにすると、やがて潮が引くように動きを止めた。その手はまだ白濁塗れの肉棒を握っている。

「ハアッ、ハアッ、ハアッ」

しばらく孝宏は呆然としていた。相互手淫でイッたのだ。彼のほうは玩具を使っていたというものの、ほぼ同時に果てることができた。

真凜も満足そうに息を整えていた。しかし、ふと自分の手が牡汁(おすじる)に汚れていることに気がつくと、ボンヤリとした顔を上げた。

「綺麗にしてあげるね」

そう言うと、彼女はためらいもなく愛液塗れの太竿を丁寧にしゃぶって綺麗にしてくれるのだった。

寝室にはアロマが焚(た)かれていた。あくどく甘い香り。そこへ男女の淫臭が加わり、室内はムッとした温気(うんき)に包まれていた。

お掃除フェラを終えた真凜は口を拭いながら言った。

「すごく気持ちよかったね」

「うん」

孝宏は寝転んだまま答える。まだ絶頂の余韻が残っていた。

真凜も同様なはずだが、彼と比べて元気いっぱいの様子。ベッドにペタンコ座りをして、自分のコレクションをためつすがめつしている。

（こんなギャル妻が家にいたらいいだろうな）

脇で眺めつつ、孝宏はボンヤリ思う。スタイルがよく、派手なメイクが似合うキュートな顔立ち、しかも料理上手でセックス好きの二十三歳。結婚したらさぞ毎日が楽しいだろうと思われる。

実際、真凜は多情な女であった。

「ねえ、タカぽん」

「ん？」

「まだイケるよね？」

彼女の目は孝宏の股間に注がれていた。射精からしばらく経った肉棒は芯を失ってはいたが、まだすっかり萎(しお)れてしまったというわけでもない。

真凛はローターを手に取った。

「さっきは責めてもらったでしょう？　だから、今度はあたしの番」

「え。どういうこと――」

孝宏は一瞬怯む。カラコンを入れたギャル妻の目は爛々と光っていた。

「タカぽんを玩具にしてみたいの」

「俺を……？」

なんということを言い出すのだ。腰が引けている孝宏に対し、真凛は懸命に説得しようとする。

「さっきも言ったけどさ。ほら、ダーリンがつまんない奴ってこと」

「う、うん」

「でも、タカぽんは違うじゃん？　気持ちよかったっしょ」

「それは……もちろん」

「こんなチャンスないんだよ。付き合ってよ」

トップレスのギャルに切々と訴えられ、これ以上拒むことなどできるだろうか。孝宏は未知への躊躇いを感じながらも覚悟を決めた。

「うん、わかった。いいよ」

「やった」

色よい返事を聞くと、真凜は子供みたいにその場でぴょんと体を弾ませた。こんなところがまた彼女の魅力であった。

孝宏が口を開く。

「それで、俺はどうしたらいい？」

主導権は彼女にある。これから玩具にされる彼が訊ねると、真凜は手にしたローターを頬ずりしながら言った。

「タカぽんはそのまま寝てていいよ。あとはあたしがやるから」

「何か注意点とかある？」

「うーん、そうだなあ——。あ、プレイ中は動いちゃダメ。玩具なんだから」

指示は簡単であった。孝宏はそのまま横たわっていればいいという。しかし、まるで動いてはいけないというのはやはり不安だった。いったい何をされるのだろう。

真凜は彼のそばに身を横たえつつ、安心させるように言った。

「大丈夫。二人で新しいドアを開こうよ」

それをきっかけに彼女はローターのスイッチを入れる。

器具が震えはじめた。ヴィイィインというモーター音が期待感を高める。孝宏の鼓動は高鳴り、徐々に期待が恐れを上回っていく。

「タカぽんって、可愛いチクビしてるんだね」

真凜は言うと、指でつまんだローターを近づけた。外科医のような慎重な手つきで、乳首に触れるか触れないかというギリギリのラインを責めていく。

とたんに孝宏の体がビクンと跳ねる。

「うっ……」

敏感な反応に真凜はうれしそうな声をあげた。

「へえ、結構感じやすいんだ。自分でも弄ったりするの？」

「そ、そんなわけ……ううっ。ただ、なんかくすぐったいというか」

「くすぐったいんだ。でもほら、こうすると――」

真凜は楕円のローターを縦にして、乳首に押しつけるようにする。

たまらず孝宏は声を漏らした。

「うむうっ……」

「ほらあ、くすぐったいんじゃなくて、気持ちいいんじゃない」

「ふうっ、ふうっ」

いくらからかわれても、彼に為す術はない。ローターの振動は乳首から体の奥へと響き、やるせない気持ちにさせられた。

するると、真凜は体を起こし、空いたほうの乳首に吸いついた。

「ちゅぱっ。レロレロッ」

「はううっ」

突起を舌で転がされ、玩具で嬲（なぶ）られて、孝宏は喘いだ。無意識に声が出てしまうのが恥ずかしいが、その羞恥が徐々に快楽へと変わっていく。

真凜は身を伏せて熱心に乳首をねぶった。

「んむ……ちゅうっ。ん、勃ってきた」

「ふうっ、ふううっ」

「タカぽんの乳首、女の子みたいにビンビンだよ」

「あああ、だって――」

「うふふ。可愛いの」

恐らく根っからの好き者なのだろう。あるいは本人の言うとおり、今まで夢見て実現できなかったことが叶ってよほどうれしいのか。ともあれ、彼女は彼を一方的に責めたてているにもかかわらず、自身も興奮してきたようだ。

「ちゅぽっ……。ああん、あたしも欲しくなってきちゃった」

真凜は言うと、愛撫の手を止めて自らパンティを脱ぎはじめる。

その様子を横たわって眺める孝宏。目の前に真っ白な尻が浮かび上がっていた。

「ああ、可愛いお尻——」

思わず手を伸ばして触れようとする。

だがその瞬間、真凜が一喝した。

「ダメだよ。タカぽんは玩具なんだから、自分から動いちゃダメ」

「う……ごめん。つい」

しゃべるのは構わないのに、手を伸ばしてはいけないという。彼からすれば理不尽な話だが、ルールを決めるのはギャル妻なのだ。

しかし、真凜もいたずらに気を持たせようというのではないようだ。

全裸になった彼女は膝立ちになってこちらを向いた。

「あたしのをよく見てね」

そう言うと、彼女はおもむろに顔の上に跨がった。無毛なので、それだけで中身まで丸見えだ。網タイツだけを穿いているのが逆にいやらしい。

孝宏の眼前には、ヌラヌラした花園が広がっていた。

「ああ、オマ×コが丸見えだ。いやらしいオマ×コ」

「ほらぁ、こんなに興奮しているの」

真凜は見下ろしながら、自らの指で割れ目を寛げてみせる。

まず目に付いたのが、ぷりっとした肉芽であった。先ほどウーマナイザーで吸ったためか、敏感な器官は肥大している。小指の先ほどもあるだろうか。包皮が剝け、来たるべき愉悦に期待を膨らませているようだ。

「んねぇ、あたしのこれを、タカぽんの格好いい顔にくっつけていい？」

真凜が甘ったるい声で訊ねてくる。

孝宏は興奮に息を切らせていた。

「うん、真凜の好きにしていいよ。俺は玩具だから」

「ああん、優しい玩具ね」

彼女は言うと、いきなり顔面に尻を据えてきた。

孝宏の視界は奪われ、世界が牝臭に包まれる。

「むふうっ」

「あはあっ、くっつけちゃった。いいわ」

感に堪えたような声を出し、真凜は腰を前後に揺さぶりはじめる。

「あんっ、ああん」

「ふうっ、ふうっ」

「イイッ……あっ。おヒゲがザラザラする」

「べちょろっ、レロッ」

息苦しい最中、孝宏はそれでも懸命に舌を伸ばす。舐めずにはいられなかった。とめどなく溢れる牝汁が、放っておいても鼻や口に入ってくるのだ。

ギャル妻の顔面騎乗は激しさを増していく。

「あっふ、んああっ。すごいの。こんなに感じたの初めて」

直立していた上半身を前のめりに倒し、より肉芽が擦れるようにした。

女のむせ返るような匂いが孝宏の肺を満たしていく。

「むふうっ、ちゅぱっ」

いわゆる普通のクンニとはまるで違う。女のいいようにされているという被虐の悦びは格別であった。このまま窒息してしまってもいいとすら思える。

真凜の呼吸はしだいに激しくなっていった。

「んああっ、イイッ、イイイイーッ」

「ちゅぱっ、んまっ」

「はひぃっ、ダメ。そこ……」

腰の振りが小刻みになっていく。それと同時に、再び上半身を起こしていった。

「ああん、あたしまた──んあああーっ、イッちゃううううっ」

大きな声をあげたかと思うと、全体重をかけてきた。

ギャル妻の下腹部に顔を覆われ、孝宏は窒息しかけた。

「むふうっ、うぐっ……」

しかし、ここでやめるわけにはいかなかった。真凜が今まさに最高潮を迎えようとしていたからだ。

「あっひぃっ、イクッ、イイイクウッ」

その瞬間、女の下腹がうねるのを孝宏は顔で感じた。細かい震えはほとんど痙攣しているといってもよかった。

そしてついに真凜が頂点に達する。

「イクッ、イクううっ、イイイッ！」

彼女が息んで身を縮めたとき、同時に追加のジュースがこぼれた。孝宏は酸素不足でクラクラしながらも、それを夢中で啜りこんだ。

「じゅるっ、じゅるるるっ」

「んあっ、んふうっ……」

最後に真凜はもう一度喘ぐと、長々と息を吐いて崩れ落ちた。

「あああ、よかった――」

そう言って転がるように顔面から退く。

孝宏は新鮮な空気を胸いっぱいに吸いながら息を整えた。

「ハアッ、ハアッ、ハアッ、ハアッ」

彼の目は満足げにうずくまるギャル妻を見ていた。

めくるめく官能体験に呆然とする孝宏。玩具で弄り合うプレイは刺激的だったが、彼もこれで終わるとは思っていない。

そのとき真凜は背中を向けていた。白い肌には汗が滲み、女の華奢な骨格を浮き立たせていた。一方、尻の丸みは母性をも感じさせる。明るい色の盛り髪は崩れ、毛の束が汗で貼り付いているが、そこがまた淫靡であった。

「今日はいっぱい気持ちいいことしてもらったね」

後ろを向いたまま彼女は言った。呼吸はすでに落ちついている。

孝宏は答えた。

「お互いさまだよ。俺も、こんなの初めてだったし」

彼の手が真凜の肩に触れる。互いの思いは伝わり、彼女はゆっくりと身体をこちらに向けた。

「ううん、一緒じゃない。だって、さっきイッたのはあたしだけだもん」

上目遣いで見つめるギャル妻の顔は愛らしかった。だが、欲望の炎はまだその目に宿っていた。

「ねえ、今度は一緒に楽しもうよ」

「うん」

「普通に。玩具なんか使わないで」

「そうだね」

顔は近く、孝宏の鼻に女の甘い息がかかる。股間は重苦しかった。

真凜がさらに体をそば寄せてくる。

「エッチしたかったよ、タカぽん」

「俺も――」

彼は口を開きかけたが、言葉は途中で消えた。彼女がいきなり逸物を握ってきたからだ。

「ううっ」

呻く彼を至近距離で眺めながら、真凜は逆手に肉棒を扱く。

「タカぽんのオチ×チンって格好いい」

「そんなものが格好いいって……。はううっ」

「本当だもん。オチ×チンの反り方とか、ここの出っ張り――」

彼女は指し示すべく、指で雁首を撫で回した。

敏感な箇所を弄られた孝宏は呻く。

「うぐうっ、真凜……そこは」

「感じてるタカぽんの顔、好き」

真凜は巧みに男の自尊心をくすぐりつつ、逆手で激しくペニスを扱いた。

「ぬおぉぉ……」

きつい握りこみであった。しだいに手つきも激しさを超えて乱暴といえるほどになっていった。

鈴割れから盛んに透明汁が溢れ出てくる。それを真凜は手のひらで太茎全体に塗りつけるようにした。

「ハァ、ハァ」

こちらからもやり返さなくては。孝宏は息を切らせながら、手を彼女の尻たぼに伸ばす。

その間も、真凜はしゃべり続けていた。

「こんなにあたしのやりたいようにやらせてくれたのって、タカぽんが初めてだよ」

「そ、そう……」

「うん。ホント、タカぽんって優しいんだね」

孝宏の手がようやく尻たぼを掴んだ。このままでは手扱きで果ててしまう。それだけはどうしても避けたかった。彼の手は尻たぼから太腿へと這い、割れ目へと進みつつあった。

だが、先を制したのはやはり真凜だった。

「オチ×ポ、しゃぶっていい？」

ふと言ったかと思うと、返事も待たずに彼女は股間のほうへと位置を変える。

愛撫し返そうとしていた孝宏は当てが外れてしまう。

だが、ガッカリしている暇などない。すでに真凜は彼の脚の間に場所を占めていた。

その目の前には、青筋立てて勃起する逸物があった。

彼女は肉棒の根元をつまみ、鼻面を肉傘に近づけた。

「んー、エッチな匂い。だーい好き」

そう言って笑顔さえ見せる真凜。この娘は——否、ギャル妻は心底セックスが好きなのだろう。

孝宏は仰向けで身構えていた。ルージュを引いた唇が、肉棒の先端めがけて徐々に距離を詰めてくる。

「好きになっちゃいそう」

彼女は言うと、口をすぼめて先っぽを吸った。

「ちゅううぅぅ」

「うはっ、それっ……」

粘膜を刺激され、孝宏は仰け反りそうになる。

真凜は鈴割れを唇に見立て、何度も音をたててキスをした。

「タカぽんも、あたしのこと抱きたいと思ってくれてたんでしょう？」

「ああ、うん……ううっ」

「あたしも。やっと願いが叶ったね」

そう言うと、そのまま彼女は根元まで咥えこんだ。

「んふうっ」

「おおっ……」

そしてストロークが開始される。

「じゅるっ、じゅるるっ」

「ハアッ、ハアッ」

「んん、おいひ——硬いの」

孝宏の股間で頭が上下していた。真凜は今どきの若い娘らしく顎が小さいため、口いっぱいに頬張らねばならなかった。

「んふうっ、じゅぷぷぷっ」

だが、彼女は息苦しそうにしながら、懸命に喉奥まで肉棒をしゃぶった。愛らしい顔を歪めてまでペニスに食らいつく姿が淫らであった。

「ハアッ、ハアッ。真凜はしゃぶるのが上手だね」

「ん。大好きだもん、フェラ」

「舐められるのも好き、でしょ？」

「んふふ、バカね。そうよ」

息継ぎの合間のやりとりに真凜は笑みを浮かべる。その表情に不倫の影は見えず、純粋にセックスを楽しんでいるようだ。

「タマタマちゃんも舐めてあげるね」

すると真凜はいったん肉棒から離れ、その下に顔を潜りこませた。

「あああ、真凜……」

「たくさん溜めててくれたんだ」

硬直を指でつまんで持ち上げるようにし、彼女は陰嚢を口に含む。

孝宏は下腹部に痺れるような快感を覚えた。

「うはあっ」

「んん……くちゅ、くちゅ」

真凜は口の中で二つの玉を舌で転がすようにした。同時に竿も扱きはじめた。

「んっふ、んんっ、ちゅうぅぅ」

ギャル妻の髪が孝宏の内腿をくすぐる。会陰に顔を埋め、懸命に奉仕する姿が淫らで愛おしい。料理上手なところといい、いつしか彼は真凜をただのご近所妻でなく、一人の女性として見ていることに気づいた。

「ハアッ、ハアッ、ううう……」

「んっふ、ちゅぼっ」

もちろんその間、手扱きにも余念がない。太竿はますます反り返り、先走りを吐き続けた。しゃぶられる陰嚢が、しだいにぐぐっと持ち上がってくる。

「あああ、ダメだ……。気持ちよすぎて、出ちゃいそうだよ」

限界を感じ、彼が愛撫を押しとどめようと身を起こしかける。ところが、その寸前に真凜自ら手扱きをやめて顔を上げた。

「ぷはあっ――。まだダーメ」

そう言うと、彼女は彼の身体を這い登るようにして覆い被さってくる。

真凜は彼の顔をまっすぐ見下ろしつつ言った。

「一つになろう」

「うん」

孝宏は短く答えるが、胸の内は震えていた。なんと愛らしいことを言うのだろう。彼女が人妻であることが悔やまれるほどだった。もし、互いに独身として出会っていたら、どういうことになっただろう――。

その間にも、真凜は硬直を握り、自らの花弁へと導いていった。

「あんっ」

「う……」

粘膜同士が触れ合う。双方から愛液が噴きこぼれた。

そのまま真凜は腰を沈めていく。

「んああ、入ってきた――」

「おおっ、あったかい」

肉棒は蜜壺に収まっていた。安堵にも似た愉悦が孝宏の全身を浸していく。

真凜の目つきはトロンとしていた。

「あたしの中、タカぽんでパンパンになっちゃった」

暗に男性器のサイズを褒めそやしながら、彼のうなじにキスをする。

「おうっ、真凜……」

「お隣さん同士で繋がっちゃったね」

真凜が示唆する不倫の罪に孝宏は返す言葉がない。

すると痺れを切らしたのか、彼女は腰を動かしはじめる。

「んっ、んんっ」

「ハァ、ハァ」

うつ伏せた姿勢のため、真凜は上下ではなく前後に揺り動かした。媚肉を擦りつけるようなストロークであった。

「あっふ、んふうっ」

「ハアッ、おおお……」

「あんっ、すごい。クリちゃんが擦れるの」

「お、俺も……。ああ、すごくいいよ」

太竿は裏筋を引っ張られ、蜜壺にいたぶられる。ゾクゾクするような快感が背筋を這い上ってくるようだ。

真凜の息遣いが激しくなってくる。

「んああっ、イイッ。オマ×コ、気持ちいいよっ」

「俺も――うっ、締まる」

ギャル妻の蜜壺は比較的狭かった。とはいえ、痛みを覚えるほどではない。むしろ真凜がした乱暴な手扱きにも似て、被虐的な悦楽を思わせるものだった。

「あんっ、あっ、ああっ、んふうっ」

「ハアッ、ハアッ、ハアッ」

孝宏は息を切らしながら、彼女の細腰を捕まえる。しっとりと貼り付くような質感が肌のきめ細かさを感じさせる。

結合部はくちゅくちゅと淫らな音をたてた。

「あっふ、んんっ。中で、オチ×チンがどんどん大きくなっていくみたい」

「気持ちいいから……。真凜は？」

「あたしだって……あはあっ、ずっとこうしていたいくらい」

感情が溢れ、二人はどちらからともなく唇を重ねる。

「べちょろっ、ちゅぱっ」

「んんっ、タカぽん……」

唾液を蹴たてて舌が踊り、貪るようなキスが繰り広げられた。

孝宏は頭がカアッとして何も考えられない。仕事場でのストレスも、彼女の強面の亭主のことも、めくるめく快楽の前に雲散霧消していった。

「おおっ、真凜っ」

たまらず彼は下から腰を突き上げる。

とたんに真凜は舌を解いて顎を反らした。

「はひぃっ、タカぽんすごい――」

「ああっ、ああっ、真凜んんっ」

孝宏は肉棒を捻るように腰を回した。叶うことならもっと激しく突き入れたいが、女の体が上に乗っかっているのでままならないのだ。

それでも襲いかかる快楽は凄まじかった。

「ハアッ、ハアッ、ううう……」

「あんっ、ダメ……あたし」

真凜も髪を振り乱して激しく喘いだ。濡れた唇から熱い吐息が漏れる。突き上げられるたびギュッと身を縮め、その都度蜜壺が引き攣れるように締まった。

「ああん、たまんない——」

彼女は言うと、手をついて体を起こした。

おかげで孝宏の突き上げもいったん止む。彼女はそんな彼を見下ろし、乱れた髪をかき上げながら言った。

「一緒にイこうね」

「……ああ」

「タカぽん……」

短いやりとりを済ませると、真凜は腰を上下させはじめた。

「あっふ、んああっ、イイッ」

とたんに肉棒は愉悦の悲鳴をあげた。

「うはあっ。真凜……」

「あはあっ、イイッ。奥に当たってるぅ」

騎乗位になると振幅は大きくなり、快感も比例して高まっていく。

上で体を弾ませる真凜は幸せそうだった。

「あああっ、イイッ。いいわっ。タカぽんすごい」

「そう言う真凜も……ううっ、イキそうだ」

「あんっ、待って。あたしも──」

彼女は言うと、覚束(おぼつか)ない手つきでシーツを手探りする。すると、まもなくして目当てのものが見つかったようだ。

真凜は手に取り上げたものを彼に見せた。

「最後はこれでイキたいの」

それは、先ほど使ったウーマナイザーであった。孝宏は驚いた。どこまで貪欲なギャルだろうか。だが、そこが彼女の魅力でもあった。

「一緒にイこうね」

今度は孝宏が言うと、真凜は素早く身を屈めてついばむようなキスをする。

「大好きよ、タカぽん」

そして、おもむろにストロークが再開される。

「あんっ、あああっ、んふうっ」

だが、彼女は同時に玩具を自分の土手に潜らせていた。モーターやファンの機械音が唸り、肉芽を吸いあげる。

「イヤァァア、感じちゃうううっ」

「おおおっ、真凜……」

真凜の乱れようは凄まじく、そのまま卒倒してしまうのではないかと心配するほどであった。彼女は玩具を手で押さえつけて動かないようにし、息を切らせて頂点へと昇り詰めていった。

「あひぃっ、イイッ……もうダメ。イッちゃうから」

「お、俺も。くううっ、もう我慢できない」

「イッて。真凜の中でブチまけてぇ」

喘ぐ真凜の腰つきが滅茶苦茶になってくる。抑えが利かないのだ。しかし、そのランダムさが、かえって孝宏の快楽中枢を刺激してきた。

「うはあっ、もうダメだ。出るっ」

これ以上は耐えきれなかった。彼は声をあげると同時に射精した。

だが、それと相前後して真凜も絶頂を迎える。

「んあああぁぁ、イックうううっ！」

玩具を押し当てながらイキ果てる真凜は凄艶であった。眉間に皺を寄せ、堪えるような表情を浮かべたかと思うと、とたんに全身を震わせる。もちろんウーマはずっと押し当てたままだ。

蜜壺は二度三度と収縮を繰り返した。肉棒から残り汁まで搾り取られる。

「ぬおぉっ……」

「んあぁぁぁ……」

アクメに達したギャル妻は、尾を引くように息を吐くと、徐々に腰のグラインドを収めていった。

「イッちゃった――」

最後に安堵の声で言うと、彼女は力尽きたようにシーツに寝転がった。

「うっ……」

結合が外れ、肉棒が弾け出る。もう思い残すことはない。

一方の真凜も満足しているようだった。まだ荒い息を吐きながらも添い寝して、彼の肩にちょこんと頭を乗せてきた。

「一緒にイケたね」

「うん、すごくよかったよ」

「あたしも。こんなの初めて――ねえ、タカぽん」

「ん？」

「今日はこのまま泊まっていきなよ。どうせすぐ隣なんだし」

きっと彼女に他意はないのだろう。しかし、孝宏はすぐに返事することができなかった。たしかに真凜は可愛い女だ。ひと晩イチャつくのも悪くないだろう。

「うん。そうしたいけど、やっぱりやめておくよ。明日もあるし」

結局彼は彼女の提案を断った。セックスで燃え盛っているときは気にならなかったが、二度もイキ果てて冷静になってくると、どうしても強面の亭主が頭をチラついてしまうのだ。

すると、真凜も無理強いはしてこなかった。

「いいよ。ちょっと言ってみただけだし。気にしないで」

「うん。今日は楽しかったよ。あと、夕飯もご馳走さま」

「あたしも。楽しかった。おやすみなさい」

まもなく孝宏は二〇二号室を後にして、自室に戻った。泊まりを断ったのは、亭主が怖いからだけではなかった。もし、これ以上一緒にいたら、真凜の肉体に溺れてしまいそうなのが不安でもあったからだ。深みに嵌まってしまう前に逃げ出したほうがいい。彼の自己防衛本能がそう告げていた。

第五夜　葉月／純朴妻との初夜

その晩、孝宏は三〇二号室の食卓についていた。防犯係へのねぎらいとして夕食に呼ばれるのは、ここが最後の一軒である。

主婦の早乙女葉月は、いそいそと食卓に料理を運ぶ。

「お招きするのが遅くなってしまってすみません」

彼女は招待が遅れたことを詫びた。孝宏はかぶりを振る。

「いえ、とんでもない。たいしたことはしていませんし」

温かな雰囲気のする家庭的な部屋だった。葉月の人柄が表われていた。

食卓にはご馳走が並んでいる。料理好きらしく、凝ったメニューが多い。彼を歓待するために主婦が腕によりをかけたのだろう。

この日は孝宏も、見回り後にいったん帰宅してから楽な恰好に着替えていた。

「うわぁ、豪華ですね。誕生日パーティみたいだ」

彼が素直な感想を口にすると、葉月は恥ずかしそうにした。

「いやだわ。どれも、簡単なお料理ばかりなんですよ」

「いつもこんなにたくさん？　ご主人は幸せですね」

孝宏は言いながら、彼女が席に着くのを今や遅しと待ち構えていた。今日は酒を飲まないつもりだ。連日の酒が抜けていないし、腹も減っていた。葉月はビールを勧めてきたが、彼が遠慮すると無理強いはしてこなかった。

ともあれ、ようやく膳が整った。葉月も席に座り、差し向かいになる。

「お待たせしました。お口に合うかわかりませんけど、どうぞお召し上がりくださ い」

「実は、お腹ペコペコだったんですよ。いただきます」

孝宏は言うと、まずは牡蠣(かき)のホイル焼きに箸を伸ばす。

「美味ぁー。こんなの久しぶりですよ」

牡蠣の身はプリプリとしてジューシーだった。焼き加減もほどよく、ガーリックを利(き)かせているところがまた美味であった。

「遠慮しないで、どんどん食べてくださいね。牡蠣もまだありますから」

二十代の若者らしくがっつく彼を見て、葉月もうれしそうだ。

三〇二号室の葉月は、物静かな人妻であった。住民会議のさいも、一人おとなしく隅に控えて目立たなかった。街で見かけても、彼女と気づかないかもしれない。

しかし、それだけに孝宏も安心できたのだ。防犯係になってから目まぐるしい日々であった。人妻たちとの逢瀬(おうせ)はそれぞれ楽しく愉悦をもたらしてくれたが、こう連日続くと疲れも溜まってくる。最後の訪問宅が葉月だったことは、むしろラッキーだったように思える。

その彼女が、自分の食べる様子をジッと見つめていることに気づいた。

「何か付いてます？」

彼が訊ねると、葉月は心なしか頬を赤らめた。

「いえ、ごめんなさい——。安井さんのような若い方が、元気よく食べている姿が微笑ましくてつい……」

「だって、美味しいですから。うん、このレバニラもイケますね」

「ご飯よそいましょうか？」

「あ、じゃあお願いします。大盛りで」

孝宏は遠慮なく丼茶碗を差し出した。食前にビールを飲んでいなかったのもあるが、いくらでも食べられそうだ。おかずはどれも白飯に合うものばかりだった。

まもなく葉月がキッチンから帰ってくる。

「はい、どうぞ。多すぎたら残してくださいね」

「ありがとうございます。大丈夫ですよ、これくらい」

このとき孝宏にも、どこかわざと若者らしさをアピールするところがあった。年嵩(としかさ)の人妻に甘えるような態度であった。彼女とはちょうどひと回り年の差がある。

しかし、腹の虫が落ち着いてくると、並んだ料理に妙な違和感を覚えはじめる。牡蠣のホイル焼き、レバニラ炒めときて、さらには野菜サラダにはウナギが入っているのだ。その上、どの料理にもかなりニンニクが効いていた。どれも精のつく、いわゆるスタミナ料理ばかりなのだ。

彼は食べながら、さり気ない調子で言った。

「これだけ食べたら、嫌でも元気になっちゃいますよ」

しかし、葉月は何も答えない。むしろ視線を避けるように俯いてしまった。

孝宏は続けた。

「ご主人にも、いつもこういった料理を？　——いえ、つまり何というか、どれも精のつきそうなものばかりだから」

かなり突っこんだ訊ね方であった。このとき彼が考えていたのは、夫婦の営みのことだった。夫に精力をつけさせるために妻がスタミナ料理を出すというのはよく聞く話だ。あるいは、単純に肉体労働の夫を思ってのことかもしれない。

ところが、葉月は彼の指摘に観念したような顔になったのだ。

「ええ、実は——聞いていただきたいことがあるんです」

彼女は箸を置いて語りはじめる。

「少しお恥ずかしい話になるのですが」

「構いません。仰ってください」

言いにくそうにしている彼女を見て、孝宏は先を促す。

葉月も心を決めたようだった。

「では、遠慮なく——。わたし、夫以外の男性を知らないんです」

突然の告白に孝宏は絶句してしまう。ある程度予想しながらも、葉月のような純朴そうな女性の口から出てくるとは思えない言葉であった。

だが、一度堰（せき）を切った告白はとめどなく溢れ出た。

「二十代で夫と出会い、すぐに結婚しました。夫が初めての男性でした。夫はわたしを愛してくれていますし、わたしも愛しているつもりです。一度も道を外したことはなく、それをずっと幸せなことと思っていました」

孝宏は語る人妻をジッと見つめていた。三十七歳の葉月は相応に年齢を重ね、それなりに幸せそうに見えた。一生家庭に収まるタイプだろう。しかし、裏面には心の奥に秘めた思いが募っていたのだ。

「ですが最近ふと思うんです。一生このままでいいのか、って。夫だけしか異性を知らずに、あとは枯れてしまうのかと思うと、なんだか無性に寂しくなってしまって――」

これが、いわゆる中年の危機というやつだろうか。若い彼には理解しきれないところがあるものの、何となく想像はできる気がした。

そこへきてこの料理の数々である。これまでの経験で孝宏もだいぶ人妻慣れしてきている。彼女が何を彼に求めているのか、大体のところはわかった。

ところが、葉月はさらに意外なことを口にしはじめる。

「もちろん、こんなこと誰にも相談できません。体調のせいかと思うこともありました。でも、心のモヤモヤは収まるどころか、日増しに大きくなっていって――。そのとき四階の山下さんが声をかけてきたのです」

文華のことだ。声をかけてきたのは、例の夫たち全員が不在になる件であった。人妻たちは話し合い、孝宏に防犯係を頼むことになった。彼が知らなかったのは、その時点ですでに彼女たちは順番で孝宏を誘惑しようと決めていたことだった。

「最初、わたしはとんでもないことだと思いました。ほかの皆さんのことをどうかしていると思ってしまったほどでした。ですが先日、山下さんに呼ばれて伺うと、もう皆さんは安井さんとその……夜を過ごされたと聞いて驚いてしまって」

しかも、その場にはほかの人妻たちも揃っていたという。

「山下さんは、わたしの悩みを見抜いていました。すごい方ですね。それでわたしも思わず打ち明けると、どうすればいいか教えてくださいました」

「そう……だったんですか」

全てを知った孝宏は呆然とする思いだった。女たちは全員が最初から共謀していたのだ。騙し討ちされた気がしなくもない。「モテている」と密かに得意になっていた自分が恥ずかしくなってくる。しかし、その一方では、おかげでこれまでの出来事が偶然ではなかったことも理解できた。いずれにせよ、人妻たちの性欲のターゲットになったことは、彼にとっても悪いことではなかった。

そして目の前には、彼以上に羞恥に苛まれている葉月がいた。彼がしばらく黙っているのを見ると、俯いて両手を握りしめつつ弁解した。

「ごめんなさい。勝手なことばかり言って……。忘れてください」

文華から彼が四人の妻たちと交わったことを聞きながらも、彼女はそんなことを言うのだった。

（なんて可愛い人なんだろう）

孝宏は消沈する彼女を見つめて思う。葉月は決して魅力のない女性ではなかった。出で立ちこそ地味にしているが、小作りの顔は整っており、肌にも染み一つ見当たらない。愛されてしかるべき女性だった。

「早乙女さん——いえ、葉月さん」

彼は力強く下の名前で呼びかけた。

葉月が恐る恐る顔を上げる。

「はい……」

「こんな僕でよかったら、ひと晩お付き合いさせてもらえませんか？」

全員に知られているとわかった今、恥ずかしがることは何もなかった。考えてみれば、なんともいじらしいではないか。彼女は彼を欲情させるため、必死になってご馳走を用意したのだ。それは純朴妻らしい、回りくどくも考え抜いた末の演出であった。

すると、葉月も彼の言葉に勇気をもらったのだろう。まなじりを決して言った。

「先にベッドで待っていてもらえますか。わたしもすぐに参りますから」

こうして彼らは意思を確かめ合い、ベッドをともにすることを決めたのだった。

孝宏はベッドで一人期待に胸を高鳴らせ待っていた。生涯夫しか男を知らないという葉月。いったいどんな姿で現れるのだろう。

やがて寝室の引戸がノックされた。

「入ってもいいですか」

「ええ、どうぞ」

彼は返事をしながら苦笑する。ここは本来彼女の家なのだ。

静かに引戸が開く。

「失礼します――」

ところが、現れた葉月は先ほどまでと同じ恰好だった。ベージュの薄手トレーナーとチャコールのロングスカート。だが、よく見るとさっきよりメイクが濃くなっている。化粧直しをするために彼を待たせていたのだ。少しでもよく思ってもらいたいという女心の表れだった。

孝宏はそんな彼女をいじらしく思いながら声をかける。

「そんな所に立っていないで、こっちにおいでよ」

「ええ。でも……」

引戸の前で佇む葉月。一度は決心したものの、まだためらっているようだ。

一方、この数日間で孝宏は経験を重ねてきた。年下でも自分がリードすべきなのはわかっていた。彼は被っていた掛け布団をめくり、再び誘う。

「葉月さん。俺、もうこんなになっているんだよ」

すると、葉月が息を呑むのがわかった。孝宏はすでに全裸になっていたのだ。その股間にはいきり立つ肉棒が反り返っていた。

「ああ……わたし……」

思わず葉月は目を背けてしまう。鼓動を落ち着けようとするように、両手で胸を押さえていた。

しかし、彼女もこのために料理の腕をふるったのだ。やがて自らを励ますように言った。

「わたしも脱ぐので、その……向こうを向いていてもらえますか？」

「うん。目を瞑っているから」

孝宏は相手にわかりやすいよう両手で目を覆ってみせる。

それでも葉月はまだ不安そうだったものの、ようやくトレーナーに手をかけた。

サラサラと衣擦れの音がする。

「恥ずかしいから見ちゃイヤよ」

「大丈夫。見てないよ」

彼は言いながらも、指の隙間からそっと覗いていた。ベッドサイドに立つ彼女はトレーナーを首から抜きとり、ロングスカートを下に落とした。

すると、純朴妻の豊満なボディがあらわとなった。

「ごくり——」

思わず孝宏は生唾を飲む。三十七歳という年齢にふさわしい、完熟した肉体であった。重たげな双丘をブラジャーが包み、脂の乗った腰回りがパンティをより小さく見せている。今からこのボディを抱くのだ。

そして葉月の手がブラジャーにかかった。下着は上がシンプルな白で、パンティはベージュだった。生活感漂う地味な肌着がリアルでいやらしい。

だが、下着を脱ぐにあたって彼女は後ろを向いてしまう。彼に見られていることは気づいていないはずだが、視界に男がいると自分が恥ずかしいのだろう。

背中に回した手がブラのホックを外し、はらりとカップが落とされる。

孝宏はもう辛抱たまらない。呼吸を浅くし、彼女が後ろを向いているのをいいことに、大胆にも目を開けてその様子を眺めていた。

やがて葉月の手が最後の一枚へと伸びる。両手を腰に差し入れ、前屈みになりながらベージュのパンティを下ろしていった。

「ふうーっ」

パンティを足首からぬくとき、彼女はあるかなしかのため息を漏らす。一糸まとわぬ姿になると、さらに彼女は覚悟を決めるように深呼吸し、こちらを向いた。

孝宏は慌てて両目を塞ぐ。

葉月の囁くような声が聞こえた。

「そっちに、行っていい？」

「おいで」

「まだ見ないでね」

彼女は言って、恐る恐るベッドに上がる。

ベッドが沈みこみ、女の体温が感じられた。葉月は彼のそばに横たわると、手早く掛け布団で裸体を覆い隠してしまった。

「いいわ。目を開けて」

「うん――」

孝宏が目を開けると、すぐそばに葉月の顔があった。

「葉月さん」

「わたし、何だか怖いわ」

ようやく添い寝にまで至った彼女だが、まだ不安は拭えないのだろう。彼との間に少し距離を開けており、身を守るように両手で乳房を抱いている。

孝宏はそんな彼女を安心させる必要があった。

「すごく綺麗だ」

彼の目はまっすぐ人妻を見つめ、ゆっくりと身を起こしていく。

葉月のつぶらな瞳は潤んでいた。

「孝宏さん――」

それでもまだ胸は隠したままだった。

孝宏は構わず人妻の唇にそっとキスをする。

「葉月さん……」

「んっ……」

葉月は目を閉じ、小さく息を漏らす。

孝宏は時間をかけてキスをした。いきなり舌を突っこむのではなく、ソフトタッチのフレンチキスで彼女の緊張をほぐしていく。

「葉月さん、とってもいい匂いがする」

「そんなこと――んんっ」

抱き寄せた人妻の肩が熱を帯びてくるのがわかる。孝宏は何度目かのキスで、思い切って舌を歯の間から滑りこませた。

「んふぁ……ぬろっ」

すると、葉月も逆らうことなく舌を受け入れる。人妻であるからには、もちろん初めてではない。彼女からも舌を絡めてきたが、その舌遣いはどこかぎこちなかった。

「レロッ、ちゅぱっ」

しだいに興奮してきた孝宏は、胸の膨らみに手を伸ばす。ところが、彼女の腕は頑なに乳房を守り、離そうとしなかった。

だが、もはやそれで怯む彼ではない。正攻法が駄目なら搦め手でいけばいい。

「葉月さん」

彼は呼びかけると、彼女の手を取り、自分の股間へと導いていく。

「んん……」

すると、葉月は一瞬ビクッとして手を引っこめようとする。しかし、そこは多少強引に孝宏が逸物を握らせた。

「ほら、葉月さんが欲しくて、もうこんなになっているんだよ」

彼女の手を上から覆い、太茎をゆっくり扱くよう促す。

「んふうっ、みちゅっ……」

するとどうだろう。葉月は自ら強く唇を押しつけ、積極的に舌を絡めてくるではないか。

孝宏は声をかけ続けた。

「ああ、気持ちいいよ。葉月さんみたいな女に扱かれて」

「ん。ああ、硬い……」

あれほど怯えていた彼女も、直接肉棒に触れて欲情したのか、しだいに彼が手を添えなくても自分から太竿を扱きはじめた。

おかげで胸元も無防備になっている。三十七歳の乳房は重力に逆らわずたわわに実り、乳首をピンと勃てていた。

たまらず彼はその片方にしゃぶりつく。

「びちゅるるるっ、ちゅばっ」

「はううっ……」

いまや自らの意思で手扱きしながら、葉月は声をあげる。

生涯一人しか男を知らない純朴妻も、感度は十分だった。まだ多少ためらいは感じられるものの、むしろ新鮮な刺激に尋常ならざる愉悦を覚えているようにも見える。

これに気をよくした孝宏は、手で乳房を愛撫し続けながら、舌をお腹のほうへと這わせていった。

「ちゅばっ、んばっ」

「ふうっ、ふうっ」

彼が体の位置をずらしたため、彼女の手は肉棒から離れてしまっていた。しかし孝宏の興奮は高まっていくばかりだ。舌は人妻の柔らかな腹を舐め、臍(へそ)をくすぐった。

「あああ、いけないわ――」

恥毛は濃く、密集していた。孝宏は草むらに鼻面を突っこみ、漂う牝臭を感じた。

だが、葉月は必死に脚を閉じようとする。

「ふうっ、ふうっ」

罪悪感と快楽の狭間(はざま)に葛藤しているのだ。まるで生娘(きむすめ)のようだった。しかし、孝宏のすべきことは決まっていた。

「葉月さん、脚を開いて」

彼は言いながら、人妻の膝を押し広げ、そこへ割りこんでいった。

観念したように葉月が息を漏らす。

「あぁあ……」

そして、ついに孝宏は彼女自身と対面した。濃い恥毛は大陰唇の周囲までまばらに生え、スリットから鮮やかな粘膜の色が覗いている。

割れ目はすでにしとどに濡れていた。

「葉月さんのオマ×コ、綺麗ですね。十代みたいだ」

「イヤ、見ないで」

「いやらしい匂いがする。とっても美味しそう――」

恥じらう葉月を押して、彼はおもむろに舌を這わせた。

「べちょろっ、じゅるっ」

「んあああっ……」

すると、葉月も抑えきれなくなったのか、喘ぎ声が大きくなった。

「ああっ、ダメ……そんなに――しちゃ」

「こんなに濡れて……。葉月さんのオマ×コ、美味しいよ」

いつしか孝宏は無我夢中で媚肉にむしゃぶりついていた。純朴妻が恥じらいを乗り越えた姿が愛おしかった。心ゆくまで彼女を感じさせてあげたい。

「葉月さん――」

彼は股間から顔を上げた。悩ましい人妻の顔が見返してくる。

「いいわ」

互いの意思は通じ合っていた。もはやこれ以上ためらう理由はない。

しかし、孝宏は葉月に未知の体験をさせてあげたかった。

「バックでしたことある？」

彼が訊ねると、純朴妻の顔に不安の影が差す。

「いいえ」

「やってみようよ」

「そうね。でも……」

迷ってはいるが、確信が持てないようだった。

言葉では埒があかない。そう思った孝宏は目の前の肉芽に吸いついた。

「試してみなきゃ、わからないよ――ちゅぱっ」

「はひいっ……。そうね、孝宏さんの言うとおりだわ」

すると、葉月もようやく覚悟を決めたようだった。悦楽に身を震わせ、女の本能に従うことにしたのだ。

孝宏は起き上がり、彼女に四つん這いのポーズをとらせた。人妻のたっぷりした尻を前に、肉棒は青筋立てて勃起している。

「いくよ」

「ええ……」

返事を聞き、彼は狙いを定めてバックから硬直を押しこんでいく。

「んんっ」

「おうっ」

しとどに濡れた蜜壺は、何の抵抗もなく太竿を受け入れていた。

孝宏は両手を尻たぼに置き、抽送を繰り出していく。

「ハァ、ハァ」

「んっ……んふうっ」

最初はゆったりとしたリズムだった。蜜壺はしんねりと肉棒を包み、突き入れるたびに湿った音をたてる。

「ああ、気持ちいいよ。葉月さんのオマ×コ」

「あふっ……んんっ。ああ、恥ずかしいわ」

俯いた葉月が羞恥を漏らす。そこがまたたまらない。

孝宏の腰の動きは自然と速くなっていった。

「ハアッ、ハアッ。葉月さんっ、葉月っ」

「あっふぅ、イッ……あああ……」

同時に葉月の息遣いも荒くなっていく。彼女も感じているようだ。

蜜壺の中で肉棒はますます硬さを増していった。

「葉月さんも、気持ちいい？」

尻たぼを叩きつけながら訊ねると、葉月は言った。

「ええ……あんっ。でも――」

「でも、何？」

昂ぶる一方の孝宏に対し、人妻は呼吸を乱しながらもためらいを見せた。

そして、ついに彼女は思いを打ち明けた。

「ああ、こんなのやっぱり恥ずかしいわ。ごめんなさい」

ろくに男を知らない純朴妻には、獣のように交わる後背位は少しハードルが高すぎたようだ。

「わかった」

孝宏は惜しみつつも肉棒を抜きとり、彼女を横たえさせて自身も添い寝する。

葉月はまだ呼吸を乱していた。

「ごめんなさい。わたし――」

「いいんだよ。いきなりバックは違っていたかも」

「許してくださる？」

潤んだ瞳が心配そうに彼を見つめていた。孝宏の胸が締めつけられる。

「許すなんて――もちろん。怒ってなんかいないよ」

「孝宏さん……」

「なんて可愛い女(ひと)だろう。本気になってしまいそうだ」

孝宏は顔をそば寄せてキスをした。唇が重なると、葉月は目を閉じてウットリした表情を浮かべた。

「ん……」

そうして抱き合うかたわら、彼は人妻の脚を開かせていく。

「ちゅぱっ、レロ……」

「んふうっ、孝宏さんのキス、上手」

バックでの交わりでは羞恥に耐えきれなかった葉月であるが、決して行為そのものをやめようとしたわけではなかった。その証拠に、孝宏が秘部に触れると、媚肉はさらにジュースを噴きこぼしている。

二人は横たわり、向かい合っていた。

「可愛いよ、葉月さん」

孝宏は甘く囁き続けながら、今一度、腰を突き出し肉棒を挿入する。

キスをしながら葉月は呻いた。

「んんっ……」

彼女に彼の行為を咎めだてする様子はない。バックは駄目だったが、側位は気に入ったようだ。

「ぷはあっ——」

いったんキスを解いた孝宏は、彼女の体を抱きしめて腰を突き入れる。

「ハアッ、ハアッ。おおお……」

「んっ、あっ、あふうっ」

側位のため振幅は浅く、結合部はくちゅくちゅと濁った音をたてる。

しだいに抽送はリズミカルになっていった。

「ハアッ、ハアッ、ハアッ」

「ああっ、んっ、んふうっ」

葉月も感じているようだ。顔を真っ赤にして、息を凝らすさまが愛らしい。彼女の腕はしっかりと彼の体を抱いていた。

孝宏はこの体位で可能な限りの抽送を繰りだす。

「葉月さんのオマ×コ、ううぅっ。あったかい」

「あっふ、イヤ……わたし——」

葉月のなかで何かが瓦解したようだった。声が徐々に大きくなっていく。

「ああっ、ダメ。おかしくなっちゃう」

彼女は口走ると、夢中でキスをしてきた。

「みちゅ……あんっ、孝宏さんっ」

「ハアッ、ふうっ、ちゅぱっ」

人妻の激しい舌遣いに孝宏は興奮する。最後の関門を突破したのだ。

「葉月さんっ。ちゅぱっ、るろっ」

「んふうっ、レロッ。んばっ」

葉月は羞恥の壁を乗り越えたようだった。快楽に身を委ね、自らも腰を蠢かしながら男の舌を貪った。

孝宏はこれまで培ったものを全部出し切るつもりだった。マンション住人のなかで葉月が最後の一人になったのも、全てに意味があったように思われるのだ。

「葉月さん――」

彼女の上になっているほうの脚を持ち上げたまま、身を起こしていく。

その企み（たくら）は上手くいった。気がつけば、松葉崩しの体勢になっていた。

「孝宏さん……」

見上げる葉月の目は蕩けていた。全身に女の歓びが漲（みなぎ）っているようだ。

孝宏は片方の脚にまたがり、もう一方を肩に掛けて腰を突き入れる。

「ううっ、おうっ」

「んああっ、イイッ」

そして再び抽送が始まる。彼は抉るように肉棒を突き立てた。

「ハアッ、ハアッ、ハアッ」

一方、葉月も悦びに声をあげていた。もはや羞恥の影は見当たらない。

「あっひ……んああっ、すごいわ」

「感じる？」

「ええ……。こんなの初めて――あふうっ」

松葉崩しは蜜壺の奥を刺激した。葉月は身を震わせて喘いだ。顎が持ち上がり、背中が反らされていく。

孝宏の顔にも汗が滲んだ。

「ああ、俺も気持ちいいよ。ううっ、このまま——」

射精感に責め苛まれる。抉るたびに媚肉が生きたもののようにうねりだした。肉棒はぬめりに包まれながら先走りを盛んに噴きこぼしている。

そして葉月もまた切迫した声をあげた。

「んああっ、ダメ……孝宏さん、わたしも——」

このまま二人して絶頂へ至るかと思われた。少なくとも、孝宏はそのつもりであった。

しかし、苦しい息の下、葉月は訴えたのだ。

「最後は普通にしたいの」

その言葉は孝宏にもちゃんと届いていた。だが、射精寸前の快楽に浸っている彼は抽送を止めることができない。

「ハアッ、ハアッ、ハアッ」

「あっ、んっ、孝宏さん……」

人妻のわななく手が彼の腕を摑んだ。

「ねえ、お願い……。最後だけは——」

真剣なまなざしに見つめられ、孝宏も彼女が本気なのだと理解する。

「うん、わかった。いいよ」

彼は腰の動きを止め、肩から女の脚を下ろす。

紅潮した葉月の顔がジッと見つめていた。

「わがままを言ってごめんなさい。でも、やっぱりわたし——」

「いいって。葉月さんの気持ちはわかっているから」

「孝宏さん——」

「今の葉月さん、すごく綺麗だ」

自ずと互いの唇が引き寄せられる。

「みちゅっ、れろっ、ちゅぱっ」

「んふうっ、はむっ、ちゅう」

ねっとりと舌を絡ませながら、孝宏は股を開かせ割って入る。

そして正常位で再び肉棒を花弁に潜りこませていった。

「むふうっ」

「んんっ……」

すっかり馴染んだ蜜壷は、まるで誂えたように太竿を受け入れた。

顔を上げ、孝宏は腰を振りはじめる。

「ハアッ、ハアッ」

「あっ、んああっ」

ストロークは順調だ。彼にとっても、やはり正常位はやりやすかった。

だが、葉月の反応はさらにめざましかった。

「んはあっ、イイッ……。ああ、いいわ」

「奥まで入ってるの、わかる?」

「ん。やっぱりこれが好き——あひぃぃぃっ」

これまでにない嬌声をあげたかと思うと、彼女は思いきり背中を反らした。

「ダメ……。んああ、どうしよう。こんなに——ああっ」

「葉月さん、すごく気持ちよさそう。おおっ、俺も」

人妻の喘ぎ顔を見て、孝宏の劣情もさらに高まる。

勢い抽送の激しさも増していく。

「ハアッ、ハアッ、ハアッ、ハアッ」

「ああっ、イヤッ。感じる……おかしくなっちゃう」

「おかしくなっていいんだよ。ううっ、俺ももう――」

「もっと、きて。わたし……んああっ、イッちゃう」

身悶える葉月は息を喘がせ、全身をブルブルと震わせた。乳房を突き出すように背中を反らし、両手がシーツを揉みくちゃにした。

「はひぃっ、イクッ、イッちゃうううっ」

「うはあっ、締まる――」

人妻が昇り詰めていくのと同時に蜜壺が締めつけられる。孝宏はラストスパートをかけた。

「うあああっ、出るよ。出すよっ」

「イッて。わたしも……どうしよ。イッちゃう、イッちゃうからあああっ」

葉月は口走ると、握り締めた彼の腕に爪を立てた。

「ダメえええっ、イクうううっ！」

「うはあっ、出る――」

葉月が絶頂を訴えるのとほぼ同時に肉棒も火を噴いた。めくるめく愉悦が孝宏を襲い、大量の白濁液が注ぎこまれる。

「イイッ、イイイッ……」

かたや葉月も白い喉を晒し、腰をヒクつかせながら絶頂の悦びに喘いだ。まるで最後の一滴まで快楽を貪ろうとしているようだった。

そしてゆっくりと抽送は収まっていく。熱情の時は去った。

「ハアッ、ハアッ、ハアッ」

「ひいっ、ふうっ、ひいぃっ、ふうっ」

しばらくは二人とも息がつけない。それほど凄まじい絶頂であった。ベッドに投げ出された人妻の体は、それでもまだ火照りが収まらぬように、時折ビクンビクンと痙攣するのだった。

ようやく落ち着きを取り戻すと、葉月は言った。

「ごめんなさい、わがままばかり言って」

「ううん。すごくよかったよ」

「本当？　うれしい。わたしも、孝宏さんでよかった」

心なしか、見つめる人妻の目は以前より輝きを増したようだ。欲求不満で抑えつけられていた女の歓びを取り戻したようだった。

最後は正常位で果てる形となり、結果的に純朴妻の冒険は中途半端に終わったようにも思われた。だが、彼女自身は満足しており、孝宏にも不満はなかった。結局のところ、彼女のようなな人妻にはまっとうな夫婦の営みが性に合っているのだろう。しかし、それも実際に体験してみなくては学べなかったことなのだ。

孝宏の役目も終わりを告げようとしていた。まもなく夫たちが帰宅してくるのだ。最後の夜、彼と五人の人妻たちは再び四〇二号室に集まった。防犯係を務めた孝宏への慰労プラス、文華とのお別れパーティを兼ねた集まりだった。山下夫妻は子供の成長を見越し、まもなく引っ越すことになっていたのだ。

人妻たちは三々五々軽食を持ち寄り、文華が用意したシャンパンで乾杯する。

「今日はお集まりいただきましてありがとうございます。来月にはわたしたち夫婦は引っ越すことになりますが、皆さんのことは決して忘れません」

乾杯の音頭を取る文華はさらに続ける。

「そして何よりも、安井さん――孝宏くんが防犯係を引き受けてくれたことへ感謝を述べたいと思います。どうもありがとう」

五人の人妻から一斉に見つめられ、孝宏は照れてしまう。

「いえ、僕なんか別に――。たいしたことはしていませんから」

「何言っちゃってんのよ、タカぽん」

ギャル妻の真凜が混ぜっ返すと、浩子も茶々を入れる。

「そうそう。みんな孝ちゃんには感謝してるんだから」

「いやあ、参ったな」

彼の困り顔を見て、人妻たちは笑い声をあげた。

盛り上がりがひとしきり収まると、再び文華が口を開く。

「ともあれ、こうして集まれるのも、今日が最後というわけです。女たちの最後の集(つど)い、そして孝宏くんへの感謝を込めて、乾杯」

「かんぱーい」

一斉に唱和すると、パーティが始まった。

当初住人会議が開かれたときとちがい、孝宏はリラックスしながらも、不思議な気分に浸っていた。何しろここにいる五人全員と、彼はそれぞれ肉を交えたのだ。自分の平凡な人生にこんなことが起きるとは想像もしていなかったが、彼自身、人妻たちと交わるようになってから心の持ちように変化を感じていた。会社でも、これまでならストレスに感じていたことが、すぐ忘れられるようになっていた。実際、職場で何人かから「余裕ができた」と指摘されたほどだ。

彼がソファで感慨に耽っていると、千尋が話しかけてくる。不感症だったアパレル勤めの人妻だ。

「孝宏くん、飲んでる？」

「あ、はい。いただいています」

　この日も彼女はカジュアルではあるが、センスのいいファッションを着こなしていた。

「どう？　あれから。彼女はできた？」

「いや、そんなにすぐできませんよ」

「えーっ。わたしが同僚だったら、絶対孝宏くんがいいけどな」

　どうやら彼女は少し酔っているようだった。シャンパンのグラスを持ったまま、彼の肩に身を預けてきた。

　相変わらずいい女だな。孝宏は香水の甘い匂いを心地よく嗅（か）ぎながら思う。

「そう言う千尋さんこそ、なんか感じが変わったみたいだ」

　すると、千尋は意外そうな顔をしてグラスをテーブルに置いた。

「本当？　どこが？」

「どこって、言葉にするのは難しいんですけど――。前はとりつく島もなくて高嶺（たかね）の花って感じだったのが、今は親しみやすい隣のきれいなお姉さん、って感じで」

「ふうん」

「いや、いい意味ですよ。相変わらず千尋さんはその……美人ですし」

三十路妻の艶っぽさにドギマギする孝宏に対し、千尋は耳元に口を寄せて囁くように言った。

「それも全部、孝宏くんのおかげね」

「いえ、そんな……」

熱い吐息が耳にかかり、孝宏は背筋がゾクッとするのを覚える。

気がつくと、千尋の顔が正面にあった。

「あの日のことが忘れられないわ――」

「千尋さん……」

グロスに艶めく唇が半開きで迫ってくる。ほかの奥さんたちもいるというのに、彼女はまるで気にせず唇を重ねてきた。

「ん……ちゅろ」

「ふぁう……ちひ……」

すぐに熱い舌が這いこみ、絡みついてくる。千尋は濃厚なキスを交わしながら、シャツの上から彼の胸辺りをまさぐってきた。

「大好きよ、孝宏くん」

「あああ、千尋さん──」

酔っているにしても、あまりに大胆な行為であった。孝宏の視界は塞がれていたが、賑やかだった周囲の声が一瞬途絶えたように感じた。それでも美人妻のキスは甘く官能をくすぐり、彼女の行為を押しとどめようとは思えない。

「みちゅ……れろっ、ちゅぱっ」

「ちゅぽっ、れろれろっ」

キスは長く続き、止むどころかエスカレートしていく一方だ。彼女の手の愛撫も大胆さを増し、ついに彼の股間を撫でまわしてきた。

すると、それを見かねたのが浩子であった。

「ちょっとぉ。河上さんばっかり、抜け駆けはズルいじゃない」

その声は千尋にも聞こえているはずだが、彼女は答えることもなく、キスに夢中だった。

「わかった。あたしも好きにさせてもらうから」

浩子は言うと、テーブルをどけて孝宏の足下に座りこむ。

唇を塞がれた孝宏は、それら全てを音と気配で感じていた。

「ああん、もう体が火照ってきちゃう」

淫乱妻は言いながら、両手で彼の内腿を撫でさすり、おもむろにズボンの上から鼻面を押しつけてきた。

「すうーっ……。んー、孝ちゃんのエッチな匂い」

そうして胸一杯に淫臭を嗅ぎ、両手が逸物を揉みほぐしてくる。

孝宏はキスをしながら身悶えた。

「むふうっ……ちゅぱっ、ううっ」

「ほらぁ、だんだんムクムクしてきた。元気なんだから」

「ちゅぱっ、ふぁう……」

浩子が下半身にいたずらしている間も、千尋はずっと舌を貪りつづけていた。しだいに孝宏の息が上がってくる。こうなることは、まるで予想していなかった。ここにいる人妻たちは、たしかに皆一度は肉を交えた間柄だ。しかも、それは最初から企まれていたことであった。

それにしても、まさか全員集まった場所で、そのうえ口火を切ったのが千尋であったことは、あまりに彼の想像を超えていた。

その間にも、浩子の行為はエスカレートしていく。

「もう我慢できないわ。孝ちゃんのオチ×チンが食べたい」

彼女は言うと、ズボンに手をかけた。

「お尻を持ち上げて――」

「ふぁう、みちゅ……」

舌を絡め合いながらも、彼は言うとおりにする。

ズボンはパンツごと降ろされていた。衆人環視の下、孝宏の下半身は晒され、勃起した逸物があらわにされた。

浩子の甘ったるい声が聞こえる。

「もう、いつ見ても素敵なオチ×チンね。美味しそう」

次の瞬間、孝宏は舌が鈴割れをくすぐるのを感じた。

「むふうっ……」

「しゅごい。おつゆがいっぱい出てきた」

浩子はチロチロと舌先で先走り汁をすくいとる。

キスに夢中だった千尋も、ついに四十路妻の狼藉（ろうぜき）を見咎めた。

「んふぁ……やだ、浩子さんたら」

しかし、千尋は年上妻を非難しようというのではなかったらしい。

浩子も上目遣いで女同士の意思を通じ合う。

「ね、すごいでしょ？」

「本当。大きいの――」

千尋は言うと、おもむろに太茎を握り、ゆっくりと扱いてきた。

孝宏はたまらない。

「おおうっ、ちょっ……千尋さん」

しかし、千尋の扱く手は止まるどころか、徐々に加速していった。

「ああん、硬ぁい」

「千尋ちゃんのネイル可愛いわね」

そして浩子は浩子で、この場にそぐわないようなことを言いながら、赤黒く膨れた肉傘をぱくりと口に咥えこんでしまう。

「くちゅ……くちゅくちゅっ」

「うはあっ、そこっ……」

思わず孝宏は声をあげ、ソファの上で身を反らす。

にわかには現実とは思えない光景が眼下に広がっていた。側にはべる千尋が太竿を扱き、同時に浩子が肉傘を口中で転がしているのだ。

「くっ……い、いやらしすぎる――」

防犯係に指名される前には考えられないことだった。二人のそれぞれ異なる魅力の人妻たちが、自分の肉棒を奪い合うようにシェアしているのだ。ハーレムの王様というのは、きっとこんな気分になるのだろう。

浩子は口をすぼめて盛んに肉傘を吸った。

「ちゅうぅぅ」

「ハァ、ハァ」

しかし、太茎は千尋の手が捕まえている。思う存分ストロークできない物足りなさを彼女は陰嚢を弄ることで補完した。

「みちゅ……んふ。たっくさん溜まっちゃってるみたい」

「おおっ、浩子さん……」

すると、今度は千尋が耳たぶを噛んでくる。

「本当。カッチカチね。素敵だわ」

「ううっ、浩子さんまで――」

立ち替わり行為と言葉で責めたてられ、愉悦が高波のように押し寄せてくる。

浩子の手は陰嚢を揉みほぐしつつ、伸ばした指が会陰をまさぐる。

「くちゅっ、みちゅっ。美味し」

「孝宏くん、エッチな顔してる」

「あぁあ……」

頭がカアッと熱くなり、孝宏は何も考えられない。快楽が突き上げてくるのを感じながら、彼は千尋の体をきつく抱きしめる。

「ダメだ。もう出る……」

「みちゅ……出していいよ。ママが飲んであげる」

「孝宏くんのイクところを見せて」

二人がかりで責めたてられ、耐えきれるはずもなかった。

「うはあっ、出るっ！」

「んぐ……」

白濁は勢いよく飛び出し、浩子の口中に放たれた。ほかの三人に見られているという羞恥とともに、得も言われぬ快楽が彼の全身を浸した。

「ああぁ……」

出してしまった。緊張が解れていくのを感じながら、彼は浩子が喉を鳴らして精飲するのを眺めていた。

「んふうっ。濃いのがいっぱい出たわね」

顔を上げた浩子の口の端に白く濁ったよだれがこぼれていた。

千尋も扱く手を止めて感嘆の声を上げる。

「すごい。精子がピュッと飛び出すのがわかったわ」

しかし、夜はまだ始まったばかりであった。


突然の誘惑から口内射精に至り、ひと息つく孝宏。喉を潤すため手に取ったシャンパンはぬるくなっていた。

「孝宏くんがイクのを見ていたら、わたしも感じてきちゃった」

かたわらに侍る千尋は体を寄せたまま、彼の太腿をさすっている。

そしてもう一方には浩子がいた。早くもランジェリー姿になっている。

「あたしは孝ちゃんのイクときの声が好きよ」

彼女は言って、耳たぶを噛んでくる。

「はうっ、浩子さん……」

孝宏が呻くと、浩子はさらに挑発した。

「まだイケるでしょう？　若いんだから」

淫乱妻の手は股間に伸ばされ、鈍重になった逸物を揉みしだいてくる。

すると、めざとく見つけた千尋が訴える。

「あら、ズルい。わたしにも触らせて」

元来クールな彼女が拗ねた声を出し、負けじと肉棒を弄ってきた。

二人の手で揉みくちゃにされ、孝宏はたまらず腰が浮く。

「うぐっ……。二人ともちょっと待って。まだ――」

そうして男女が戯れていると、正面に立ちはだかるように影が差した。

「いいものをたくさん見せてもらったわ」

ソファの三人は一斉に顔を上げる。文華であった。

「ああ、どうも……」

孝宏は呆気にとられて間の抜けた挨拶をした。というのも、目の前の文華が一糸まとわぬ姿だったからである。

かたわらの人妻たちも、ニヤニヤしてこの様子を眺めている。

文華は言った。

「孝宏くん。気持ちよくなるのはいいけど、わたしたちのことも忘れないで」

「なんてったって今日の主役は、山下さんと孝ちゃんだもんね」

代わりに答えたのは浩子だった。千尋も口添えする。

「そうよ。わたしたちのはウォーミングアップ。行ってらっしゃい」

「はあ……」

どうやらまたしても人妻たちに画策されていたらしい。だが、孝宏は少しも嫌な気持ちはしなかった。こんなサプライズなら、いくらでも歓迎だ。

「さ、こっちへいらっしゃい」

文華に手を差し伸べられ、彼は素直に立ち上がる。元女教師の尻が誘うように視線の先で揺れている。

案内されたのは、寝室のベッドであった。

「しばらくぶりね。待ちきれなかったわ」

「文華さん――」

ほんの数日ぶりのことにもかかわらず、一児の母は貪欲な瞳で彼を見つめ、もつれ合いながらベッドに倒れこんだ。

「孝宏くんのここ、ずっと忘れられなかった」

彼女は言うと、仰向けになった彼に脚を絡ませ、肉棒を握った。

人妻の熱い吐息が顔にかかり、孝宏も欲情する。

「文華さんのベロを吸わせて」

「いいわよ――」

そして濃厚なキスが始まった。同時に文華の手が陰茎を扱いてくる。

「ハァ、ハァ」

「みちゅ……もう大きくなってきた。いやらしい子ね」

言葉で責める文華もまた呼吸を荒らげていた。浩子や千尋の言うとおり、今宵の主賓は彼らであった。さらに言えば、防犯係をめぐる一連の謀議を主導したのも文華なのだ。当然彼女に最初に孝宏と繋がる権利があると思われる。

「ああん、わたしもう我慢できないわ。上になっていい？」

「うん。俺も、もうギンギンです」

「まあ、いい子ね」

文華は褒めそやしながら彼に覆い被さる。肉棒はすでに復活していた。彼女はそれを握り、自らの花弁へと導いていった。

「おうっ……」

「あっふ、これよ――」

濡れそぼった媚肉が太茎を包みこんでいく。孝宏は愉悦にウットリしつつ、一度交わった蜜壺の感触に再び相まみえた感慨に耽っていた。たった数日来のことながら、どこか懐かしさすら覚えるのだ。

「あああ、文華さんの中、あったかい」

「お帰り。孝宏くん」

文華は言うと、前のめりの姿勢で腰を前後に動かしはじめた。

「あっ、あんっ、いいわ」

「ハァ……うっ、おおお……」

媚肉を擦りつけるような動きに、結合部はくちゅくちゅと湿った音をたてる。

文華は彼の表情をジッと見つめ、序盤のストロークを堪能(たんのう)している。

「あふっ……んっ。孝宏くんのオチ×ポ、好きよ」

「俺だって——ううっ、文華さんの中、ヌルヌルだ」

「これでお別れだなんて信じられない——あんっ。本当は、ずっとずっとこうしていたかった」

「文華さん……」

抱き合う体が熱を持ち、おのずと唇が吸い寄せられる。

「ちゅぱっ、んぱっ、れろっ……」

「ふぁう……ちゅぽっ、るろっ」

苦しい息の下、孝宏は夢中で人妻の唾液を貪った。

「んっふ、みちゅ……んあああ……」

かたや文華も、キスで燃え盛っていくようだった。一定していた腰の動きが不規則になり、徐々に激しくなっていった。

肉棒は蜜壺の中で縦横無尽に振り回され、さらに愉悦がこみ上げてくる。

「むふうっ、ちゅぽっ……ふうっ、ふうっ」

「ちゅぽっ、るろっ……んはあっ、もうダメ。我慢できない――」

ついに文華は息が続かなくなり、顔を上げるとともに体を起こした。

「ああ、素敵よ。孝宏くん」

「文華さんこそ。綺麗だ」

見上げる人妻の顔は妖艶であった。汗ばんだ乳房が誇らしげにたゆたっている。孝宏は彼女が教壇に立つ姿を想像してみた。学生時代に一度でいいから、こんな先生に性教育を施されてみたかった。

彼は手を伸ばし、人妻の鼠径部を親指で擦った。

「文華さんの、いやらしいオマ×コ」

「ああん、そんなことをされたら感じちゃうじゃない」

すると、文華は身を震わせる。恥毛は濡れて束になっていた。

やがてストロークが再開される。

「あんっ、はううっ、んっ」

今度は上下の動きだった。文華は膝を折り畳み、彼のお腹に手を置いて、踊るように体を弾ませた。

「イイッ、これ……んあああ、奥に響くの」

「ハアッ、ハアッ、おおっ……締まる」

肉がぶつかり合うたびに、水溜まりを叩くような音がした。結合部を見ると、太茎を咥えた花弁が伸び縮みするのが見えた。

「んあああ、イイイイッ……」

喘ぐ文華の首もと辺りが朱に染まっていく。とめどなく牝汁は溢れ、寝室は生々しい淫臭に包まれていった。

「んっふ、んあああっ、イイッ」

「ハアッ、ハアッ、ハアッ」

孝宏は息を切らし、無意識に腰を浮かせる。快感は凄まじく、劣情は煽りたてられる一方だった。

そのときふと別の声が聞こえた。

「んっ、あっ。いけないわ、そんなこと——」

「なんでぇ？　とおっても気持ちよさそうだよ、葉月さんのオマ×コ」

孝宏がまぐわいながらも見ると、ベッドのそばで真凜が葉月をバイブで責めたてていた。二人とも全裸だ。いつの間に入ってきたのか、全然気がつかなかった。

「はひっ、真凜さん——わたしこんなの……んんっ」

自ら冒険を望みながらも、結局は正常位以外を嫌がった純朴妻が、あられもない恰好で極太バイブを突っこまれている。

玩具はもちろん真凜のコレクションだろう。

「あんっ、葉月さんの顔エッチなの。あたしも感じちゃう……あんっ」

ギャル妻は年上の女を責めたてつつ、もう一方の手で自分の秘部にローターを押しつけていた。

「ほらぁ、葉月さん見て。タカぽんも気持ちよさそう」

「あああ、孝宏さん……はううっ」

葉月は羞恥に眉根を寄せながらも、ベッドの男を見つめる。

唖然とする孝宏に対し、文華が言った。

「女同士が絡み合っているのって、すごくいやらしいわね」

「う、うん……」

夢でも見ているのだろうか。彼は愉悦の最中にありつつも訝しんだ。

ベッドの下では葉月が熟したボディを震わせている。

「あっふ……はひぃっ、いけないわ。ああっ、孝宏さんに見られてる――」

濡れてきらめく割れ目にバイブが突き立てられていた。

器用に両手で自分と相手を責める真凜もこちらを向いていた。

「やんっ、イイッ……んっ。あたしもビショビショだよ」

ギャル妻は甘い声を出し、愉悦を訴えかけてくる。

すると、頭上で文華が言った。

「孝宏くん。ほら、あっちも見て」

彼女が示したのは、リビングのほうであった。

しかし、リビングは彼の頭頂が向いている側にある。孝宏は顎を反らし、無理矢理視線を向けた。

すると、そこにはソファから顔を出している浩子と千尋の姿があった。

「ハーイ、孝ちゃん」

「孝宏さん、がんばって」

ソファの二人は彼に向かって手を振ってみせる。背もたれが邪魔で全貌が見えないが、恐らく彼女たちも全裸になっていると思われる。

四人の人妻たちは、それぞれで愉しみつつ、最初からベッドの二人を観戦していたのだった。落ち着いて考えればごく当然なのだが、文華との交わりに夢中になっていた彼は、ここに至ってようやく気づかされたのだ。

（なんだここは——いったいどうなっているんだ？）

改めて状況を認識させられた孝宏は、衝撃のあまり一瞬見当識（けんとうしき）を失いかけるほどであった。

その頃、玩具遊びをする二人組は最高潮を迎えようとしていた。

「はひぃっ、ダメッ……真凜さんっ、わたし——」

「ああっ、あんっ。あたしもイキそ……葉月さんも一緒にイこう」

真凜の持つ道具は、いつしか二つともウーマナイザーに変わっていた。

「イヤアッ、イクッ、イッちゃううっ」

「あひぃっ、ダメよ……んあああーっ、イイーッ」

女たちはもつれ合うようにして互いの昂ぶりを確かめる。

「んあああっ、ダメえええっ」

葉月が絶頂に身を反らした瞬間、真凜が身を伏せ純朴妻の唇を塞ぐ。

「みちゅ……んんんっ、んんっ、んんっ！」

「んふうっ、ふぁう……」

女同士で濃厚なキスを交わす。見るも淫らな光景だった。

すると、その声に刺激されたのだろう、文華が言った。

「孝宏くん、あたしたちも気持ちよくなろう──」

そして再び騎乗位でのグラインドが始まった。

「あっふ、んああっ、イイッ、いいわっ」

視覚で十分興奮させられた孝宏も呻き声をあげる。

「うはあっ、ヤバ……ぐふうっ、締まる……」

「あんっ、イイッ、イッちゃう、イッちゃうううっ」

文華の腰つきは激しさを増していく。彼女は髪を振り乱し、うねるようにして体を弾ませた。

「ハアッ、ハアッ。ううっ、ダメだ。俺もう──」

くちゃくちゃといやらしい音を耳にしながら、肉棒は盛んに先走りを吐く。いまや部屋中が人妻たちの牝臭に包まれていた。

「んああ、イクッ。イイッ……んああっ、孝宏くぅん」

「ううう、俺も。イクよ、出すよ」

「イッて。あたしもう——んあああっ、イックうううーっ！」

グッと身を縮めた瞬間、文華は激しいアクメに身を委ねる。

ほとんど同時に孝宏も射精する。

「うはっ、出るっ」

「ああああっ、きた——」

大量の白濁液を中に出され、文華の下腹部は悦びに打ち震える。それでもしばらくは腰が勝手に動いていたが、やがてゆっくりとストロークは収まっていった。

「あんっ……あん」

「ふううう……」

絶頂した孝宏は、頭の中が真っ白で何も考えられなかった。

目を上げると、息を切らした文華の微笑む顔があった。

「最高だったわ、孝宏くん」

「文華さん――」

視線が絡み合い、彼女が身を伏せて優しくキスをする。

「引っ越しても、あなたのことは忘れないわ」

「俺も、文華さんのことは決して忘れません」

やがて文華は彼の上から退いた。結合が解かれた瞬間、人妻の花弁から泡だった白濁が溢れ出し、内腿を伝ってシーツを汚した。

ひと息ついた孝宏は、ティッシュで後始末をしていた。

すると、真凜が葉月を従えてベッドに上がってくる。

「次はあたしたちの番だよ」

「いえ、わたしは……」

葉月はあくまで遠慮しようとするが、積極的なギャル妻が許さない。

「葉月さんも一緒に、ね？　タカぽん」

「え？　……う、うん」

いまだ絶頂の余韻が冷めやらぬ彼は生返事になる。

ところが、気づけばリビングの二人も寝室に来ていた。

「真凜ちゃん、そこは年功序列じゃない？」

浩子が言えば、千尋も口を出す。

「待って。浩子さん、ここでそれはないわ」

「──なら、公平にジャンケンで決めたら？」

文華が提案すると、真凜はブンブン首を振った。

「ちがうちがう。順番じゃなくて、みんなで一緒にすればいいじゃん」

「それいい。あたしは真凜ちゃんに賛成」

「今夜は覚悟してね、孝宏くん」

「あああ……」

こうして人妻たちは入れ替わり立ち替わり、一本のペニスを奪い合うようにして欲情に耽るのだった。四〇二号室にはひと晩中男女の喘ぎが響いていた──。


あれから一ヶ月が経った。山下夫妻も引っ越し、夫たちの戻ったマンションは、またもとの暮らしに戻っていた。

孝宏の生活も元通りになっていた。楽しかった防犯係の毎日も、今ではいい思い出だ。変わらぬ毎日。独り暮らしの部屋で朝起きて、スーツに着替え出勤する。

彼がドアに鍵をかけていると、隣室の白石夫妻と出くわした。

「あ。おはようございます」

「おはようございます」

「おっはー」

真凜も気づいて声をかける。いかつい旦那も、今では普通に挨拶くらいは交わすようになっていた。話してみると、見た目に反して彼女の夫も案外人柄のいいことがわかってきた。

「二人とも、お仕事頑張ってね。いってらっしゃーい」

真凜は両者に声をかけるが、夫が背中を向けたとき、こっそり口の形で「タ・カ・ぽ・ん」と付け加えるのだった。

そして実際、孝宏は人妻たちとすっかり没交渉になったというわけでもなかった。淫乱妻の浩子と、アパレル勤めの千尋の二人とだけは、実は今だに隙を見てはときどき交わっている。しばらくはそれで十分だった。

そんなある日のことだった。日曜だったので、孝宏は外で昼飯でも食べようとマンションから出て行こうとすると、建物の前にトラックが駐まっていた。

作業員のほかに、三十代くらいの夫婦らしき男女が荷物を運んでいた。夫婦は孝宏に気づくと揃って挨拶をしてきた。

「この度、四〇二号室に越してきた村中と言います」

「二階の安井です。よろしくお願いします」

当たり障りのない言葉を交わし、両者はすれちがう。

だが、孝宏の目はこっそり人妻の肉体を透かし見ていた。上下スウェットの三十路妻は抱き心地が良さそうだ。あの奥さんともいつかきっと——彼は密かに想像を逞しくして、股間を熱くしながら飯屋へ向かうのだった。

（了）

※本作品はフィクションです。作品内に登場する
団体、人物、地域等は実在のものとは関係ありません。

夜這いマンション

〈書き下ろし長編官能小説〉
2023年9月18日初版第一刷発行

著者……………………………………………伊吹功二

デザイン………………………………………小林厚二

発行人…………………………………………後藤明信
発行所……………………………………株式会社竹書房
〒102-0075 東京都千代田区三番町8-1
三番町東急ビル6F
email：info@takeshobo.co.jp
竹書房ホームページ http://www.takeshobo.co.jp
印刷所…………………………中央精版印刷株式会社

■定価はカバーに表示してあります。
■落丁・乱丁があった場合は、furyo@takeshobo.co.jp までメールにてお問い合わせください。

伊吹功二の本　好評既刊

長編官能小説

ふしだらな裏の顔

性に奔放な叔母からもらったアプリで、妹の友人、隣の奥さんといった欲求不満な知人とばかり出会ってしまい……!?

↑
購入ページはこちら

定価730円+税

長編官能小説

宿なし美女との夜

伯父のアパートを受け継いだ青年は、そこを訳あり女性の駆け込み部屋にする。その夜は困った美女の誘惑を受けて…!?

↑
購入ページはこちら

定価700円+税

長編官能小説

友人の母—誘惑の媚肉—

昔からの親友の母に密かな欲情を抱いていた青年はある夜、彼女と一線を越えてしまい…!?熟れ肉ラブロマン。

↑
購入ページはこちら

定価700円+税